MOSA L'ISRAÉLITE

Il le frappa mortellement au milieu de ses soldats.

MOSA
L'ISRAÉLITE

PAR

L'ABBÉ CH. GUÉNOT

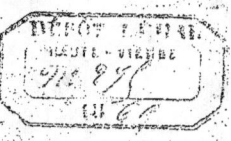

LIMOGES

BARBOU FRÈRES, IMPRIMEURS-LIBRAIRES

I

AU BOURG D'ESRON.

Le soleil déclinait rapidement vers l'horizon ; quoiqu'on fût aux premiers jours de juin, la température, rafraîchie par une brise agréable, n'était point trop accablante, sous le ciel étincelant de la Palestine.

Aussi, dans le bourg d'Esron, bâti au pied de la montagne que couronnait la ville de Modim, les habitants n'avaient interrompu leurs travaux que pour la sieste en usage chez les Orientaux; maintenant ils circulaient par les rues, allant ou revenant des champs, ou bien encore, si leur situation le permettait, se livrant au plaisir de la promenade.

La plupart des maisons, isolées au milieu de jardins clos d'une haie de nopals ou d'aloès, ressemblaient à un nid à demi caché dans la verdure et les fleurs. La Judée, alors complétement remise des désastres de la longue captivité, avait retrouvé sa nombreuse population et sa fertilité proverbiale. Le pays avait un air d'aisance, de richesse même, et parfois d'opulence. On sentait, rien qu'à voir les campagnes, qu'il faisait bon de vivre en ces lieux, et qu'on ne leur avait pas vainement donné le nom de Terre promise.

A l'une des extrémités du bourg, du côté de la forêt que bordait le village pittoresque de Boarith, dont on apercevait les blanches habitations, s'élevait une demeure splendide, la plus élégante d'Esron, et terminée par une terrasse entourée d'une balustrade de pierres sculptées. On y arrivait par une avenue de citroniers en fleurs, à droite et à gauche desquels apparaissaient des bosquets de térébinthes, de cyprès et d'andrachnes. Des buissons de rosiers, dont les roses le disputaient en éclat à celles de Jéricho ou de Saron, s'entremêlaient aux arbres exhalant des senteurs pénétrantes.

Au centre de la cour formée par un quadruple portique, jaillissait une fontaine dont les eaux limpides retombaient en gerbes de perles liquides dans une vasque de marbre rouge.

Des serviteurs se montraient çà et là, aux environs de ce séjour fortuné, occupés de divers labeurs ; les uns émondaient les arbustes et les haies ; les autres arrosaient les plantes altérées ; ceux-ci ratissaient les allées des jardins, recouvertes de sable fin et brillant ; ceux-là se hâtaient dans différentes directions pour s'acquitter des commissions dont on les avait chargés. Tous agissaient avec une activité qui témoignait leur désir de contenter leurs maîtres.

Un vieil intendant à barbe blanche, assis sous le péristyle, surveillait activement ses subordonnés, répondait avec une sérénité bienveillante aux explications qu'on lui demandait, et adressant d'une voix toujours calme les observations nécessaires.

L'intérieur de cette maison parfaitement ordonnée n'était point désert : au fond de l'un des appartements, une femme, à demi étendue sur un petit lit de repos et accoudée sur une table de cèdre, tenait à la main un rouleau de papyrus écrit en caractères hébraïques, contenant les annales sacrées.

C'était Judith, la maîtresse du lieu, une matrone entre deux âges et belle encore, malgré les quelques rides qui

sillonnaient son front; le chagrin et les rudes épreuves de
la vie, bien plus que les années, avaient imprimé sur sa figure d'une pâleur marmoréenne ces signes précoces de la
maturité. Elle était vêtue d'une robe de couleur sombre,
et aucun bijou ne brillait sur elle, à l'exception de l'anneau
d'or que son époux lui avait passé au doigt, lors de la cé-
rémonie des fiançailles.

Evidemment Judith était en deuil.

De temps à autre elle levait son regard chargé de tristesse vers la fenêtre ouvrant à l'Orient, du côté de Jérusalem, la ville sainte d'Israël, renfermant le temple unique
dédié à Jéhovah, et sa bouche s'entr'ouvrait pour murmu-
rer une prière.

Soudain la matrone tressaillit. La portière rouge qui
fermait la pièce s'écarta, et un jeune homme de vingt ans
s'avança doucement, sur la pointe des pieds. A sa vue, les
traits de la matrone s'éclaircirent; un pâle sourire se dessina sur ses lèvres, sa main abandonna le rouleau de papyrus, et elle fit signe au nouveau venu de s'asseoir à ses pieds,
sur un siége garni d'une riche étoffe.

Le jeune homme, qui portait une courte tunique laissant
une partie des bras découverts, s'inclina profondément en
disant :

— Mère, je vous salue.

Et il prit place sur le siége qu'on lui avait indiqué.

Judith se pencha vers son fils, lui jeta ses bras autour du cou, et le baisa à plusieurs reprises, avec une tendresse infinie. Puis elle demanda :

— Joakim n'est-il point encore de retour?

— Non, je ne l'ai pas vu.

— D'habitude, il séjourne moins longtemps à la ville, et ce retard m'inspire de l'inquiétude. En ce temps de persé-cution, un Israélite fidèle a tout à craindre de la part des oppresseurs.

À cette allusion de sa mère à la domination cruelle que les rois de Syrie faisaient peser sur la Judée, un éclair de haine brilla dans l'œil noir du jeune homme ; son teint s'a-nima ; ses traits sculptés délicatement, presque comme ceux d'une femme, exprimèrent une mâle énergie, son corps aux frêles apparences, mais doué d'une musculature de fer, frémit des pieds à la tête ; il passa brusquement sa main sur sa barbe naissante et il se redressa vivement.

Mais bientôt une douleur profonde se peignit sur son vi-sage ; il retomba sur son siége et répondit en soupirant :

— Nous vivons à une époque funeste : notre race mal-heureuse semble dévouée à toutes les afflictions.

— Confions-nous, Mosa, dans le Dieu de nos ancêtres.

— Quels sacrifices nous lui avons faits déjà !

— Il avait le droit de les réclamer, car nous sommes son peuple.

— Mon père a succombé pour sa cause, et nul n'a vengé sa mort.

En achevant ces paroles, le regard ardent de Mosa se fixa sur un glaive reposant dans son fourreau et suspendu à la muraille lambrissée de cyprès.

— Ah ! oui, fit Judith en versant des larmes au souvenir qu'évoquait son fils, le coup qui nous a frappés tous était terrible ; mais nous devons être fiers et consolés en pensant qu'Abiézer est tombé pour les lois sacrées de la patrie. Compromis par le zèle qu'il avait témoigné pour notre culte auguste, il s'était réfugié au désert avec de vaillants hommes que guidait Judas, le fils aîné du vieux Mathathias. L'ennemi les attaqua un jour de sabbat, sans qu'ils osassent se défendre, de peur de violer le repos du septième jour.

— La loi oblige-t-elle donc en pareilles circonstances ?

— Respectons, mon fils, les motifs que ces grandes âmes crurent avoir de s'abstenir. Leur conduite héroïque servira du moins d'exemple aux autres Israélites, et le sang qu'ils ont versé profitera de la sorte au reste de la nation. Judas, qu'unissait à ton père une puissante amitié, parvint à tromper la rage de l'ennemi. Le soir de cette jour-

née fatale, il retourna aux lieux où avaient péri ses nobles
compagnons, et à l'aide de quelques serviteurs, il put leur
donner une sépulture honorable. Plus tard, il me rapporta
ce glaive, en me priant de le remettre, si Jéhovab l'ordonnait, aux mains de l'aîné du fils d'Abiézer.

— Quand je le tiendrai dans mes mains, ce glaive, s'é-
cria Mosa, je le lèverai sur le Syrien maudit qui profane
l'héritage de nos aïeux.

— Déjà il a servi contre les ennemis de Sion. Souvent
Abiézer m'a raconté que ses ancêtres se l'étaient transmis
de génération en génération. Toujours on l'a conservé
avec respect dans sa famille depuis le retour de la captivité. Le chef de la maison de ton père prit part à la re-
construction de Jérusalem, la truelle d'une main et cette
arme de l'autre pour repousser les impies Samaritains
qui voulaient s'opposer au rétablissement de la ville
sainte.

Au moment où Judith, la pieuse veuve d'Abiézer, prononçait ces mots, la portière d'écarlate se souleva de
nouveau, et une jeune fille de quinze à seize ans pénétra
dans la chambre ; bien que d'un âge si peu avancé, elle
était déjà dans toute la splendeur de la beauté.

C'était la sœur de Mosa et de Joakim

Hannah avait le port d'une reine, une grâce incomparable dans ses mouvements, et présentait le type de la race hébraïque dans sa pureté. Ses longs cheveux noirs tombaient en boucles opulentes sur sa robe blanche que retenait une ceinture d'or. La veille seulement, sur l'ordre de sa mère, elle avait quitté ses vêtements de deuil et repris les parures de sa condition. Une sorte de diadème, en usage chez les femmes israélites, ornait son front large et blanc comme l'ivoire ; deux perles précieuses brillaient aux lobes roses de ses oreilles finement modelées, et un collier de rubis enlaçait son cou d'albâtre.

On eût dit Judith, Esther ou Suzanne, ces nobles filles de la Judée, devenues l'honneur impérissable de leur peuple.

Hannah leur ressemblait d'autant plus qu'elle n'attachait point son cœur à ces vains ornements qui, du reste, n'ajoutaient rien à ses charmes ; elle les portait pour plaire à sa mère, à ses frères, à ses parents, qui lui souhaitaient un époux digne d'elle. A l'homme que la Providence lui réservait pour compagnon de ses destinées, elle voulait offrir des dons plus solides que ceux d'une éphémère beauté ; aussi s'appliquait-elle à reproduire dans sa vie, dans ses actes, les vertus dont tant de femmes illustres parmi les enfants d'Israël lui fournis-

saient le modèle éclatant. Elle étudiait leurs œuvres dans
les annales sacrées de la nation, inscrites sur le rouleau
de papyrus que lisait tout à l'heure sa mère, et son ambition la plus haute était de les imiter.

Elle était entrée en souriant, et comme enveloppée de
l'auréole de sa lumineuse beauté. Son âme innocente se
réflétait sur son visage en rayonnements angéliques, et
elle paraissait plus tenir du ciel que de la terre.

Mais remarquant aussitôt l'air grave et triste de sa mère
et de son frère, le sourire s'éteignit sur ses lèvres, ses
traits s'obscurcirent, ses beaux yeux devinrent humides,
et elle s'approcha, hésitante, de Judith.

— Viens, enfant, lui dit sa mère ; ne sais-tu pas combien ta présence me console toujours ?

— Je craignais de troubler votre entretien, répliqua
Hannah d'une voix mélodieuse.

— Tu peux tout entendre : nous n'avons aucun secret
pour toi.

La jeune fille enlaça de ses bras le cou de sa mère, qui
la pressa longtemps sur son sein ; puis elle s'agenouilla
près de Judith.

La matrone lui demanda, comme elle l'avait fait à Mosa,
si Joakim était de retour.

— Pas encore, mère.

Et Hannah, se retournant vers Mosa, ajoute :

— Frère, ne devais-tu pas l'accompagner à Modim ?

— Tel était mon projet, mais ensuite j'ai changé d'avis.

— Pourquoi ?

— Je redoutais une mauvaise rencontre à la ville.

— Une mauvaise rencontre ! répéta la jeune fille étonnée.

— Oui, une mauvaise rencontre. Vois-tu, chère sœur, l'aspect de certains Israélites m'exaspère, et je ne me sens pas assez maître de moi-même pour contempler froidement leurs criminelles prévarications.

— Pourtant, observa Judith, tu fréquentes quelquefois la maison de Jozabad, de Boarith.

— Il est vrai ; mais, vous ne l'ignorez pas, dans la famille de l'apostat, tous n'ont pas fléchi le genou devant les idoles des Grecs.

— Grâces à Dieu, il en est ainsi. Sa fille Salomith demeure fidèle au culte de nos pères, et son fils Helcias n'a point encore sacrifié. Jozabad lui-même, peut-être, reviendra à de meilleurs sentiments.

Mosa secoua la tête avec découragement.

— Ne l'espérez pas, dit-il,

– Est-il donc perverti complétement?

— Vous allez en juger. Hier, je l'ai visité ; je lui ai rappelé de mon mieux les prescriptions divines, l'exhortant instamment à ne point persévérer dans les voies de l'iniquité. Eh bien, il s'est ri de mes prières. Je l'ai menacé de la vengeance de nos frères, et il m'a répondu par des paroles insultantes. Il a même été plus loin : il m'a déclaré nettement qu'il préférait à notre culte austère celui des Grecs, et qu'il le prouverait bientôt en sacrifiant publiquement, selon l'ordre du roi Antiochus, sur l'autel dressé à Modim.

— Et sa fille n'a pas essayé de fléchir sa coupable résolution ?

— Solomith s'est jointe à moi : elle a supplié et pleuré, mais inutilement. Son père l'a chassée de sa présence en jurant de l'obliger elle-même à renier le Dieu d'Israël.

— Elle se souviendra de cette noble femme qui, il y a peu de mois, assista, inébranlable, à la mort glorieuse de ses sept fils, et versa son sang après eux plutôt que d'enfreindre la loi de l'Éternel.

— J'y compte bien.

— Quel motif porte Jozabad à tenir cette odieuse conduite?

— Jozabad est riche et souhaite de l'être davantage encore. Séduit par les promesses magnifiques du roi de Syrie, il aspire à s'élever au-dessus de ses frères, à supplanter dans Modim le vieux Mathathias. A ses yeux, l'auguste vieillard, maintenant le chef de la maison sacerdotale de Joarib, est un insensé parce qu'il repousse avec horreur les propositions des émissaires du tyran.

— Cependant cet homme devait te donner sa fille.

— Il me l'avait promise en des jours meilleurs; mais il m'a défendu de franchir de nouveau le seuil de sa maison. Ah! si ce n'était Solomith, il paierait cher un pareil outrage!

— Que ferais-tu, mon fils?

— Ce que je ferais? Je suivrais pas à pas l'indigne Israélite, et s'il avait le malheur de monter à l'autel des faux dieux, je l'immolerais sur le théâtre même de son crime.

— Ce n'est point à nous de provoquer la lutte.

— Soyez sûre, ô ma mère, qu'elle ne tardera point à éclater. J'étais à Jérusalem le jour où Athénée, l'intendant

nommé par Antiochus pour souiller le temple, accomplit
sa détestable mission. Le vieux Mathathias, environné de
quatre de ses fils, assistait, muet, à cet acte d'abomina-
tion ; ses lèvres blêmes, son regard étincelant, témoi-
gnaient assez quel orage s'amoncelait au fond de son
cœur. Jonathas, le plus hardi des enfants d'Asmon, après
Judas, jeta plusieurs fois les yeux sur son père, comme
pour implorer de lui le signal de la résistance ; mais
Mathathias continua de garder le silence. J'ai su depuis
que Simon, renommé pour sa prudence, avait conseillé
d'attendre une heure plus favorable.

En ce moment, Mathathias est à Modim, où Judas l'a
rejoint avec une troupe fidèle. La demeure des Asmonéens est devenue une sorte de forteresse ; on veille
jour et nuit à toutes les issues, et de nombreux émissaires viennent rendre compte de ce qui se passe dans la
ville. De mystérieux agents se glissent dans les maisons
des vrais Israélites, et raniment leur courage par des paroles d'espérance.

Judas, rentré furtivement dans la cité de son père, ne
se cache plus : pareil au lion dont une longue absti-
nence a aiguisé la faim, il brûle de se lever en armes
pour briser l'exécrable tyrannie de l'étranger. Nous
sommes donc près d'une solution : les cinq fils de Matha-

thias ont juré de donner leur vie s'il le fallait pour
assurer l'indépendance de la nation et purifier le sol
de la Judée des souillures dont les Syriens le déshonorent.

— Si Mathathias appelle le peuple aux armes, il faudra lui obéir, car le vénérable vieillard ne peut agir que
conformément à la loi.

— Joakim doit voir aujourd'hui Eléazar, le plus jeune
des enfants du vieux prêtre, l'ami intime de mon frère,
et je ne serais pas surpris qu'il nous apportât de graves
nouvelles.

— Pourvu qu'il ne se laisse point entraîner par la
fougue et la témérité de son âge! fit Judith. Quoiqu'il
n'ait que dix-huit ans, il est doué d'une audace qui
m'effraie...

Un léger bruit interrompit Judith. Elle et ses enfants
levèrent les yeux vers la porte de la pièce, et ils aperçurent debout, les bras croisés, un personnage de
moyenne stature. Le treillis qui masquait les fenêtres,
tout en laissant pénétrer l'air frais, ne leur permit pas
d'abord de distinguer parfaitement l'intrus. Mosa s'élança
vers lui pour lui reprocher son indiscrétion et lui demander ce qu'il réclamait.

L'homme entré là sans invitation et sans qu'on le re-
marquât, demeura immobile.

Mosa l'eut à peine envisagé qu'il poussa un cri de colère.

— Toi, ici, s'écria-t-il, misérable espion des Syriens ! Non content de guetter nos démarches, tu oses t'introduire jusque dans nos maisons. D'où vient cette insolence ?

Le personnage si durement interpellé ne répondit pas ; il ne fit même pas un mouvement ; mais les muscles de son visage bronzé par le soleil et ruisselant de sueur se contractèrent.

— Parleras-tu, chien ? reprit le jeune homme d'une voix étranglée en lui secouant rudement le bras.

— Je suis ici pour cela, dit enfin le visiteur inattendu.

Et il avança d'un pas vers le lit de repos d'où Judith s'était soulevée. Hannah s'était relevée, tremblante.

— Arrête, malheureux, ordonna Mosa en barrant le passage à l'inconnu ; ne souille pas davantage cette demeure pure de toute apostasie.

— Qu'il s'explique, dit la veuve d'Abièzer. Nathan devrait se souvenir qu'autrefois on l'accueillait autrement dans cette maison.

— Croyez-vous que je l'aie oublié ? murmura l'étrange visiteur.

— Tu fréquentes les Syriens, nos mortels emmenis, tu trahis ton pays et la loi de tes pères,

Les traits de Nathan se contractèrent de nouveau. Etait-ce l'irritation ou la douleur ? Personne n'eût pu le dire. Quoiqu'il en fût, il se rapprocha de Judith, la salua d'un air profondément respectueux, et répliqua :

— Ai-je sacrifié aux dieux des Grecs ?

— On ne t'a pas vu en public à leurs autels, je l'avoue, déclara la matrone ; mais chacun sait que tu vis avec eux en relations intimes ; on prétend même que tu as conclu un pacte infâme.

— Les prêtres de Jéhovah n'enseignent-ils pas que Dieu est infiniment miséricordieux ? Et quand on a prévariqué, n'y a-t-il plus de place pour le repentir ?

— Alors, tu regrettes les fautes que tu as commises ?

— Je me suis empressé de venir vous annoncer que Joakim, votre second fils, court un grand danger.

— Où est-il ? comment cela ? s'écria la matrone dont le visage et le regard exprimèrent l'effroi et une terrible angoisse.

— Joakim est à Modim, en compagnie d'Éléazar, le

jeune fils du vieux Mathathias, et de toute la famille des
Asmonéens.

— Ce sont des hommes forts, généreux, pleins de zèle
pour la loi, fit Mosa, et mon frère n'a rien à craindre avec
eux ; il n'a à redouter que les traîtres.

— Souffrez que j'achève, poursuivit Nathan, qui avait
retrouvé tout son calme. Ce matin, Appellès, un officier
du roi Antiochus, est arrivé à Modim pour obliger tous les
habitants à sacrifier et à manger des viandes impures. Il
les a rassemblés au milieu du jour, sur la place publique,
devant l'autel élevé aux idoles. Mathathias et ses cinq fils,
sommés d'obéir, se sont rendus avec leurs amis aux
ordres d'Appellès. Joakim se tenait à côté d'Éléazar, et
ces deux jeunes hommes manifestaient tout haut leur mépris pour les faux dieux, leur haine pour l'étranger, leur
résolution ferme de ne jamais plier sous le joug.

Appellès exposa longuement les volontés du roi et
l'objet de sa mission. Les Asmonéens, placés devant le
tribunal même, gardèrent un silence hautain et signi-
ficatif.

L'officier d'Antiochus, voyant que leur attitude impo-
sait au reste de la foule, et que personne n'osait se prononcer, s'adressa directement à Mathathias

« — Tu es le prince de cette ville, lui dit-il, le plus

grand et le plus considéré. Viens donc le premier et
accomplis les commandements du roi, comme ont fait
toutes les nations, les hommes de Judas et ceux qui sont
demeurés dans Jérusalem ; et tu seras, toi et tes fils, au
rang des amis du roi, comblé d'argent, d'or et de présents. »

A cette interpellation, des gerbes de flammes jaillirent
des prunelles ardentes de Mathathias ; la haute taille du
vieillard, légèrement courbée par les ans, se redressa ; sa
longue barbe blanche se hérissa ; une majesté formidable resplendit dans toute sa personne, et il se prépara à
répondre.

Ses fils et ses amis se pressèrent autour de lui.

Alors, avec un geste sublime, il s'écria d'une voix
vibrante :

« — Quand toutes les nations obéiraient au roi Antiochus, et que tous ceux d'Israël renonceraient à la loi de
leurs pères et consentiraient à ses ordonnances, moi et
mes fils nous marcherons dans la voie de nos aïeux.
Dieu nous garde d'abandonner son culte sacré ! Nous
n'obéirons point aux commandements du roi Antiochus. »

Ces mâles et généreuses paroles éclatèrent sur la foule
comme un coup de foudre. Les Israélites fidèles con-

çurent un nouveau courage, les faibles se raffermirent, les autres hésitèrent. Appellès, furieux, jeta un regard sur les soldats qui l'entouraient ; mais en comparant leur petit nombre aux hommes résolus qui se tenaient aux côtés de Mathathias, il n'osa prescrire l'arrestation du noble vieillard.

Eléazar, placé au premier rang avec Joakim, passa sa main sous sa robe pour saisir le glaive qu'il y avait caché, et son ami l'imita. Votre fils, Judith, tira même à moitié le poignard dont il était armé secrètement. Pour moi, simple spectateur de cette grande scène, et rappelant à ma mémoire les bontés d'Abiézer et les vôtres à mon égard, je me suis éloigné en toute hâte afin de vous prévenir. J'ai pensé que Mosa, plus calme que son frère, ferait bien de se rendre à Modim, pour lui donner des conseils de modération et pour le défendre, s'il en était besoin.

— J'arriverai trop tard, s'écria le jeune homme hors de lui. Et puis, qui me répond que les Asmonéens et leurs amis ne se laisseront point égorger comme mon père et les sept frères qu'Antiochus livra naguère au supplice avec leur mère ?

— Ne le croyez pas : d'après les renseignements que j'ai recueillis, Mathathias est déterminé à engager une lutte mortelle avec les Syriens.

Mosa enveloppait Nathan d'un regard pénétrant; il semblait vouloir fouiller jusqu'au fond de l'âme de ce singulier personnage pour y saisir sa véritable pensée. Il s'étonnait de voir celui qu'il regardait comme un espion s'exprimer avec une sorte d'enthousiasme sur l'attitude des Asmonèens. Nathan soutint cet examen sévère, prolongé, sans qu'un muscle de son visage tressaillît. Il était là, toujours debout, immobile, la tête basse ; ses yeux petits scintillaient parfois d'un éclat indéfinissable ; son vêtement demi-usé, couvert de poussière, dessinait les formes anguleuses de son corps, il tenait un bâton à la main, et une besace pendait derrière son dos.

Cet homme était doué d'une intelligence remarquable.

Agé de trente-cinq ans à peine, orphelin de bonne heure, il avait été recueilli dans sa jeunesse par Abéizer, dont il avait quitté brusquement la maison dès les premières persécutions des rois de Syrie. Depuis, il avait mené une existence mystérieuse, parcourant sans cesse les routes de la Judée, également suspect aux étrangers et aux Israélites, souvent maltraité par les uns et les autres.

Pourtant, dans les derniers temps, on racontait qu'il s'était vendu aux dominateurs abhorrés, et qu'il faisait l'infâme métier de délateur.

Mosa ne savait donc que penser de cet être inexplicable. La défiance, toutefois, finit par l'emporter dans son esprit; et quand Nathan lui demanda :

— Maître, quel parti prenez-vous?

Il répondit avec amertume :

— Je n'aime point les langues de serpent telles que la tienne : ta présence ici ne m'inspire aucune confiance.

— Douteriez-vous de la véracité de mon récit? reprit Nathan d'un air profondément triste.

Et deux grosses larmes roulèrent sur ses joues.

Judith, à qui rien n'échappait, répliqua :

— Quelle garantie peux-tu nous offrir de ta sincérité? N'es-tu pas vendu aux Syriens?

— Je dois me taire, puisque tout m'accuse, fit Nathan avec un accent rauque. Cependant je proteste que mes intentions sont droites. Si j'ai en quelque sorte forcé l'entrée de cette maison, ce n'est point pour trahir.

Mosa, incertain encore, se pencha vers sa mère et lui dit quelques mots à voix basse. Ensuite, se retournant vers Nathan :

— Va trouver notre vieil intendant, invita-t-il, et qu'il fasse seller sur-le-champ deux chevaux.

— Deux chevaux! murmura le visiteur surpris à son tour.

— Oui, deux chevaux, un pour moi et un pour toi.

Nathan parut indécis quelques secondes. Mais, comprenant sans doute qu'il confirmerait les soupçons s'il refusait, il obéit en silence.

Dès qu'il fut sorti, Mosa s'agenouilla devant sa mère, inclina sa tête fière, et dit :

— Mère, l'heure tant désirée est sur le point de sonner ; bénissez votre fils, et mettez le comble à mes vœux en me confiant le glaive de mes ancêtres.

— Mosa, ne cours point au-devant du péril, supplia Hannah en pleurant et en saisissant les mains du jeune homme comme pour le retenir. N'est-ce pas assez déjà que les jours de Joakim soient menacés ?

Le jeune homme releva son front qu'illuminait l'enthousiasme.

— Je suis l'aîné, le chef de la famille, dit-il, et mon devoir est de secourir mon frère. Fille d'Abiézer, serais-tu faible en cet instant solennel, et faut-il te rappeler les illustres exemples de tant de femmes héroïques qui n'ont pas craint de se sacrifier pour la loi et la patrie ?

Hannah tomba, prosternée, sur le lit de repos de sa mère, et donna un libre cours à ses pleurs, à ses sanglots, mais s'abstint de provoquer une seconde fois les sévères observations de Mosa.

Mosa reçut avec respect le glaive de son père.

Judith, émue jusqu'au fond des entrailles, étendit ses mains tremblantes sur la tête du jeune homme en disant :

— Que le Dieu d'Abraham, d'Isaac et de Jacob soit avec toi, ô mon fils ! qu'il te garde des embûches de tes ennemis, et qu'il te ramène sain et sauf à ce foyer de mon veuvage. Qu'il protége également ton frère !

Mosa baisa avec ferveur les mains de la matrone, qui se leva et se dirigea vers le glaive suspendu à la muraille lambrissée. Elle prit l'arme redoutable et la remit à son fils. Mosa reçut avec respect le glaive de son père, le fixa à son flanc, embrassa sa mère et sa sœur, essaya de les rassurer, et s'éloigna d'un pas rapide.

Les chevaux étaient prêts. Nathan attendait dans la cour. Le fils d'Abiézer expliqua sommairement à Sellum, le vieil intendant, le motif de la course qu'il entreprenait. Celui-ci recommanda au jeune homme la prudence, lui conseillant de ne pénétrer qu'avec précaution dans la ville.

Mosa lui adressa une question au sujet de Nathan ; et, à sa grande surprise, le vieillard lui dit qu'il pouvait se fier à cet homme.

— Mais c'est un espion !

— Personne ne pourrait dire au juste quel est son véritable caractère, répliqua sentencieusement Sellum. Quoi-

qu'il en soit, je suis sûr qu'il conserve le souvenir d'Abiézer ; et, fût-il vendu corps et âme aux Syriens, il ne livre-
rait point un membre de cette famille.

La confiance de l'intendant, que Mosa ne pouvait s'expliquer, confondait toutes ses pensées. Il eût voulut insister pour connaître sur quels motifs elle reposait, mais
Nathan lui dit :

— Maître, le temps presse : pendant que nous nous ar-
rêtons ici, peut-être le sang coule-t-il là-bas.

Le jeune homme s'élança sur son cheval ; son compagnon en fit autant, et les deux Israélites guidèrent leurs
montures vers l'issue de la cour.

Judith et Hannah parurent en ce moment sous le péristyle ; Mosa leur adressa un geste d'adieu, auquel sa mère
et sa sœur répondirent en lui recommandant instamment
encore d'être sur ses gardes.

Quelques minutes plus tard, Mosa et Nathan galopaient
dans l'avenue de citronniers ; ils atteignirent bientôt la
route de Modim, et se dirigèrent ventre à terre vers la
ville.

II

LA PYTHONISSE

Le village de Boarith où demeurait Jozabad, était à égale distance de Modim et du bourg d'Esron. Situé sur une colline peu élevée qui formait un des contre-forts des hautes montagnes boisées se prolongeant vers la mer, il occupait une position charmante. De là, le regard planait sur de vertes vallées que bordait un hémicycle de hauteurs plantées de vignes, de figuiers et d'oliviers.

La forêt qui se développait en arrière faisait comme le ond de ce magnifique tableau ; les arbres élevés, la pointe rougeâtre des monts se découpaient, sur le ciel éclatant, de mille manières plus capricieuses les unes que les autres ; tout cela accidenté de ravins, de précipices, de torrents desséchés l'été et remplis d'eaux écumantes dans la saison des pluies.

Dans cette partie du pays, il y avait de nombreuses cavernes où s'étaient maintes fois réfugiés, au temps des grands désastres, les Israélites vaincus et les prophètes persécutés. C'était un labyrinthe inextricable pour quiconque n'avait pas longuement étudié cette contrée sauvage.

La maison de Jozabad, la principale du village de Boarith, était construite sur le point culminant de la colline; de vastes vergers l'entouraient, et l'immense domaine de l'Israélite s'étendait jusqu'à la forêt. Depuis vingt-deux ans Jozabad résidait dans ses possessions, dont il ne sortait que pour se rendre de temps en temps à Jérusalem ou à Antioche, la capitale des rois de Syrie.

Souvent, il poussait aussi ses excursions dans les montagnes, accompagnés d'un seul serviteur qui avait vieilli dans sa maison. Nul, dans Boarith, ne savait le but de ses courses mystérieuses, car il n'en rendait compte à personne et vivait dans un sombre isolement.

Sa demeure, bâtie à peu près sur le même plan que celle de Judith, la veuve d'Abiézer, se dressait, solitaire, au centre de Boarith; les autres' habitations semblaient avoir reculé devant celle du riche Israélite. Jamais le bruit des fêtes ne l'égayait; ceinte de murailles aux pierres noircies, elle apparaissait comme un spectre menaçant.

Au village, on détestait Jozabad, dont le cœur de bronze ne s'émouvait en présence d'aucune misère et ne se montrait secourable à personne. On le craignait, parce que d'abord il possédait la plupart des terres de Boarith et que la majeure partie des habitants dépendaient de lui, et ensuite à cause de ses rapports avec les Syriens qui ne lui refusaient aucune faveur.

Parmi ses esclaves, Jozabad comptait des Israélites qu'il ne traitait pas mieux que ceux d'origine étrangère. Vainement Mathathias, dont l'autorité était si respectée dans Modim et jusque dans les environs, avait adressé des avis sévères à Jozabad; cet homme sans entrailles n'y répondait qu'en aggravant le joug de ses serviteurs.

Pourtant, ce caractère impitoyable paraissait s'adoucir à l'égard de deux êtres qui le touchaient de plus près, son fils et sa fille, privés de leur mère de bonne heure. Il les avait entourés de soins et de sollicitudes, et maintenant qu'ils étaient grands, il les contemplait avec orgueil.

Helcias était de l'âge de Mosa, et Salomith avait un an de plus qu'Hannah.

Le jeune homme s'était épris d'une vive amitié pour le fils aîné d'Abiézer, et sa sœur avait voué une affection ardente à Salomith.

Les deux jeunes filles étaient en parfaite communauté de sentiments : fidèles l'une et l'autre à la loi de Jéhovah, elles se voyaient assez fréquemment avant les dernières persécutions. Jozabad, tout en s'abstenant de fréquenter la maison d'Abiézer dont les principes différaient radicalement des siens, favorisait les relations de ses enfants avec ceux du vertueux Israélite ; c'est que, séduit par l'opulence de l'habitant d'Esron, il méditait une alliance entre les deux familles.

Mosa et Helcias étaient en désaccord sur certains points de conduite. Le premier maudissait la domination étrangère, que le second regardait comme l'autorité légitime consacrée par le temps. Son père l'avait accoutumé à respecter les rois de Syrie, et s'efforçait de lui inculquer les mœurs des Grecs. Mais Helcias, se souvenant des traditions de ses pères, demeurait attaché au culte national.

Quand Antiochus eut profané le temple de Jérusalem et

ordonné aux Juifs l'apostasie, Jozabad prescrivit à ses enfants et à ses esclaves d'obéir. Les esclaves se soumirent, mais Helcias et Salomith résistèrent. L'Israélite prévaricateur s'irrita, menaça, mais inutilement : Helcias déclara qu'il resterait le sujet dévoué du roi de Syrie, mais qu'il ne sacrifierait pas aux idoles, Salomith protesta qu'elle mourrait plutôt que de transgresser la loi. De là, des scènes violentes, répétées, qui n'ébranlèrent point la résolution du frère et de la sœur.

Dans les dernières semaines, Jozabad, exaspéré, avait interdit à son fils et à sa fille toute relation avec la famille d'Abiézer. Néanmoins, jusqu'à la veille du jour où s'ouvre ce récit, il avait permis à Mosa l'entrée de sa maison.

Nous avons raconté le résultat de la dernière visite faite par le jeune homme chez l'apostat.

A peine Mosa s'était-il éloigné de Boarith, que Nathan pénétrait dans le village et se rendait directement à l'habitation de Jozabad. Les rapports de l'étrange personnage avec le riche Israélite dataient d'un an seulement, et déjà ils étaient sur le pied d'une grande intimité. Les serviteurs, voyant la considération que leur maître témoignait à cet homme, malgré la pauvreté de sa mise, l'accueillaient maintenant avec déférence.

MOSA L'ISRAÉLITE.   3

Nathan, ayant franchi la porte de l'enceinte qui environ-
nait la maison de Jozabad, alla droit à l'appartement de
l'Israélite, qu'il trouva seul. Jozabad le reçut avec empressement, le fit asseoir, et lui demanda quelles nouvelles il
apportait.

— C'est pour demain, répondit laconiquement le visiteur.

— Je m'y attendais, car je savais qu'Appellès était en
route.

— Dès le lever du soleil, ses agents parcourront la ville
de Modim en sonnant de la trompette, pour convoquer le
peuple sur la place publique.

— Pour quelle heure?

— Pour midi.

— Je serai là; et toi?

— Moi aussi.

— Cette fois, il faudra bien que l'orgueil des Asmonéens
plie sous les volontés du roi Antiochus.

— Je doute qu'ils se soumettent : c'est une race obs-
tinée.

— S'ils refusent, c'est la mort pour eux.

— Qui sait?

— Crois-tu qu'ils essaieront de résister?

— Peut-être.

Jozabad devint pensif. Lâche autant que pervers, il redoutait d'être engagé dans une lutte offrant de graves dangers. Aussi les paroles de Nathan lui donnaient à réfléchir.

— Je n'aime pas, reprit-il après un silence, les tumultes populaires où l'on n'a que des coups à gagner, et je serais assez disposé à m'abstenir de paraître demain à l'assemblée de Modim.

— Il est difficile de vous en dispenser.

— Pourquoi?

— Parce que les envoyés du roi de Syrie comptent sur vous pour donner le bon exemple.

Que faire?

— Il ne vous reste qu'à payer de votre personne.

— C'est facile à dire, et un conseil ne coûte jamais rien, fit aigrement Jozabad en tirant convulsivement les poils de sa longue barbe, tandis que ses prunelles fauves se fixaient sur Nathan avec une inquiétude mêlée d'un certain effroi.

— La situation règle nettement votre conduite, déclara Nathan impassible.

L'Israélite laissa tomber sa tête osseuse sur sa poitrine ; il cherchait un moyen de se soustraire à l'obligation que lui imposaient les circonstances, et il n'en découvrait aucun. Son corps décharné frémissait parfois ; son visage, sillonné par les passions, prenait une expression hideuse ; il se débattait sous la pression d'une inévitable nécessité. Tout à coup il se redressa ; une idée subite venait de se présenter à son esprit.

— Nathan, dit-il, veux-tu m'accompagner ?

— A Modim ?

— Non, à l'antre de la pythonisse.

A cette brusque demande, Nathan se troubla.

— Tu ne réponds pas, insista Jozabad.

— Je voudrais vous contenter... mais...

— Mais pourquoi ?

— Certaines affaires m'appellent ailleurs.

— Aurais-tu peur, par hasard ? s'enquit Jozabad avec un petit rire sec et sarcastique.

— Peur d'une sorcière ! fit Nathan avec mépris ; pour qui me prenez-vous ?...

— Ne parle point ainsi de la pythonisse, interrompit l'Israélite, elle est douée d'une science profonde. Sais-tu qu'elle a hérité des dons de celle d'Endor, qu'évoqua autrefois le roi Saül, à la veille de succomber sur les monts fameux de Gelboë?

— Qu'elle soit l'héritière du diable, peu m'importe ; mais je vous le dis : je me soucie peu d'entrer en commerce avec cette femme.

Jozabad, ses yeux jaunes toujours braqués sur son compagnon, fit un geste d'impatience, et murmura d'une voix altérée :

— Eh bien ! j'irai seul.

— Qu'avez-vous affaire avec la pythonisse! demanda Nathan dont la curiosité venait de s'éveiller.

— Est-ce difficile à deviner ? Dans les graves circonstances où nous nous trouvons, je désirerais connaître l'issue des événements de demain.

Nathan réfléchit un instant; puis il dit :

— Je vous suivrai.

— Ah ! tu ne seras pas fâché non plus, je le vois, de faire soulever un coin du voile obscur qui nous dérobe l'avenir.

— Naturellement.

— Partons donc.

Jozabad se leva, appela un esclave, et lui donna cet ordre :

— Faites-nous seller deux chevaux à l'instant.

L'esclave s'inclina jusqu'à terre devant son maître redouté, dont il se hâta d'aller exécuter les volontés.

Au bout d'un quart d'heure les chevaux étaient prêts. Nathan, malgré la chaleur, jeta un léger manteau sur ses épaules, sauta en selle à l'exemple de Jozabad, et ces deux hommes s'élancèrent au galop dans la direction de la forêt. Ils s'engagèrent bientôt dans un sentier rocailleux, bordé de chênes séculaires aux troncs noueux, et serpentant entre deux murailles de calcaire.

Le sentier descendait sous une voûte opaque de feuillage. Dans cette partie de la forêt, les oiseaux même se taisaient ; il y régnait un silence lugubre, interrompu seulement par les pierres roulant sous les fers des chevaux.

Les deux cavaliers, qui avaient échangé quelques rares et vagues paroles, se taisaient maintenant, absorbés l'un et l'autre dans les réflexions que leur inspirait sans doute l'aspect de ces lieux sauvages.

Après une heure de course, ils arrivèrent à une espèce d'entonnoir, où le sol disparaissait sous les ronces, les épines et les broussailles.

Jozabad se retourna vers son compagnon, et lui dit à demi-voix :

— Il faut mettre pied à terre.

Nathan sauta légèrement sur le sol pierreux, et tendit la main à l'Israélite pour l'aider à en faire autant.

Ils attachèrent leurs montures à un sycomore dont la foudre avait brisé le faîte, et Jozabad, se courbant presque en deux, s'avança le premier par une basse ouverture taillée dans le calcaire.

Nathan le suivit avec une répugnance visible et en prenant soin de ramener sur son visage un pan de son manteau.

Ils cheminèrent environ dix minutes sous cette voûte, glissant à chaque instant sur le sol visqueux, et débouchèrent dans une sorte de clairière resserrée de toutes parts entre les arbres pressés de la forêt.

Là, ils aperçurent une hutte misérable, adossée à la montagne taillée à pic.

Pas un brin d'herbe, pas un arbuste ne poussaient en cet endroit, sur lequel les arbres et la montagne projetaient des masses d'ombres dessinant d'étranges et mouvantes arabesques.

Deux pyramides d'ossements s'élevaient de chaque côté de l'entrée de la tanière ; et les deux visiteurs aperçurent, non sans frissonner, en approchant du repaire les serpents montrant leurs têtes hideuses dans les interstices de ces funèbres débris. L'un d'eux, logé dans un crâne humain qui surmontait la porte, lançait au dehors le triple dard dont sa gueule horrible était armée.

Au bruit des pas, un spectre se dessina dans l'encadrement de la porte ; deux yeux, luisants comme des escarboucles, se fixèrent sur Jozabad et Nathan ; des sons inarticulés frappèrent leurs oreilles, et une main décharnée comme celle d'un squelette, leur adressa un geste menaçant.

Ils reculèrent, glacés d'horreur.

Alors le fantôme agita ses haillons souillés, qui masquaient à peine sa nudité, et cria d'une voix rauque, semblable au glapissement d'une bête fauve :

— Qui êtes-vous, téméraires, pour oser violer cette enceinte ?

— Nous sommes venus pour t'interroger, illustre voyante ? répliqua Jozabad dont la gorge desséchée livrait passage à grand'peine à la parole.

— Craignez la colère des esprits qui m'obéissent, reprit a pythonisse, car c'était elle.

— Nous les respectons comme nous te respectons toi-même, déclara Jozabad.

— En ce cas, avancez.

Les deux visiteurs obéirent, et franchirent d'un pas chancelant l'espace qui les séparait du spectre.

Les serpents sifflaient horriblement. Celui qui occupait le crâne se glissa hors de son asile, et s'enroula autour du cou jaune et ridé de la pythonisse.

Elle recula lentement dans sa tanière, faisant signe à Jozabad et à son compagnon de la suivre. Une odeur âcre, nauséabonde, méphitique, s'exhalait du repaire; des lambeaux de chair sanglants ou à demi carbonisés jonchaient le sol noirâtre; une flamme rouge brûlait au fond de la caverne, car la hutte n'était que le vestibule d'une vaste grotte; les reflets du foyer déchiraient l'obscurité de l'antre, et teignaient les parois de couleurs blafardes.

La pythonisse alla se placer sur un siége de fer, sorte de trépied établi au coin de l'âtre, et les lueurs du feu la frappèrent en plein visage.

Sa figure n'avait plus forme humaine; les dents longues

et jaunies, apparaissaient à découvert, car les lèvres étaient absentes ; le nez manquait également, et les joues pendaient déchiquetées.

Des orbites éraillés, entourés d'un cercle rouge, enflammé, d'où suintait continuellement une humeur blanchâtre et purulente, jaillissaient deux prunelles ardentes, qui bientôt se fixèrent obstinément sur Nathan.

Quand elle eut examiné ses hôtes, la pythonisse s'adressant à Jozabad, lui demanda ce qu'il voulait.

— J'ai besoin de ta science, murmura l'Israélite.

— Crois-tu sérieusement à mon pouvoir ?

— J'y crois.

— Alors, parle, et hâte-toi ?

— Demain, un officier du roi Antiochus doit convier les habitants de Modim à sacrifier aux dieux.

— Je sais cela ; après.

— On dit que Mathathias et ses fils songent à résister.

— Mathathias ! répondit la pythonisse avec un geste de haine ixexprimable. Maudit soit ce vieillard !

— Or, poursuivit Jozabad, je voudrais connaître ce qu'il adviendra de cette lutte.

La pythonisse se recueillit, caressa deux ou trois fois le serpent suspendu à son cou, et répondit avec un accent guttural :

— Le fort triomphera.

— Est-ce tout? s'enquit Jozabad que cet oracle ambigu satisfaisait médiocrement.

— Cela ne te suffit-il pas? s'écria la sorcière avec impatience.

— Je pense qu'il s'agit du roi Antiochus ; personne n'est plus fort ni plus puissant que lui en ces contrées. Ta prédiction se rapporte à ce prince, n'est-il pas vrai?

Jozabad, cette fois, attendit vainement la réponse. Pendant ce dialogue, la pythonisse n'avait cessé d'observer Nathan qui se tenait à distance respectueuse, le visage toujours à demi couvert d'un pan de son manteau. De son côté, il suivait avec une certaine anxiété les mouvements de la devineresse ; une vague terreur l'envahissait insensiblement, et de temps à autre il tournait vers la porte de la tanière, comme pour s'assurer que l'issue était libre.

Néanmoins, disons-le, Nathan ne redoutait aucunement la puissance surnaturelle que s'attribuait la pythonisse : il n'y croyait pas. L'angoisse qu'il ressentait avait donc

une autre cause; elle était produite par le même motif qui
l'avait fait hésiter à suivre Jozabad.

Au moment où le riche Israélite demandait l'explication de l'oracle rendu par la pythonisse, le visage de
celle-ci avait revêtu une expression plus diabolique encore; son regard brillait d'un éclat infernal; sa poitrine
haletait; tout son corps frissonnait dans ses haillons im-
mondes; une sueur visqueuse humectait sa peau flétrie;
de sa bouche s'exhalait, comme d'une fournaise, une ha-
laine brûlante et empestée; le serpent enroulé autour de
son cou redoublait ses sifflements sinistres, essayant de
s'élancer vers Nathan.

En même temps une masse sombre, pelotonnée au
coin de l'âtre, et qui attira tout à coup l'attention de
Nathan, commença à se mouvoir; un nègre hideux,
difforme, de taille exiguë, se roula plutôt qu'il ne se
traîna aux pieds de la pythonisse; chien muet toujours
prêt à exécuter les ordres de sa maîtresse, il ne lui fallait qu'un signe d'elle pour comprendre ce qu'elle désirait; alors, sa figure ordinairement stupide, semblait
recevoir un reflet de l'intelligence satanique de la sorcière.

Jozabad se préparait à renouveler sa question; mais
la pythonisse, lui désignant Nathan d'un geste rapide,
lui dit:

— Quel est cet homme, et pourquoi l'as-tu amené?

— C'est un de mes amis, qui n'est pas fâché non plus de connaître ce que l'avenir réserve à ce pays.

— Son nom?

— Nathan.

— Nathan... balbutia la pythonisse... ce n'est pas cela...

Puis, avançant de deux pas vers le compagnon de Jozabad :

— Montre ton visage, ordonna-t-elle ; pas de masques ici.

— Ta science ne pénètre-t-elle pas tous les mystères ? murmura Nathan. Qu'est-il besoin de se présenter à découvert devant toi ?

Bien qu'il essayât de déguiser le son de sa voix, la sorcière tressaillit en l'entendant ; ses dents d'hyène grincèrent ; elle secoua avec rage sa chevelure en désordre qui pendait sur ses épaules nues ; Jozabad lui-même fut effrayé de la férocité empreinte sur cette figure mutilée et d'une inexprimable laideur.

Elle marcha sur Nathan, les mains crispées, les prunelles fulgurantes, la bouche écumante. Nathan recula. Mais la pythonisse cria :

— Méroé !

À cet appel, le négrillon bondit comme un chat, et se plaça entre la porte et Nathan, un poignard à la main.

L'horrible femme sauta sur l'homme à qui elle paraissait avoir voué une haine profonde, se suspendit à son cou d'une main, et chercha de l'autre à lui arracher les yeux.

Le manteau de Nathan tomba pendant qu'il cherchait à se préserver des atteintes de la pythonisse, la flamme jaillit plus vive du foyer, et ses traits furent en pleine lumière.

— Je ne me suis donc pas trompée ! hurla la pythonisse ; c'est le démon de la vengeance qui t'amène en ce lieu où ta cruauté m'a exilée ; tu ne t'appelles pas Nathan, mais Abiram.

Nathan s'efforçait en silence de se dégager de l'étreinte de son ennemie ; mais elle l'enlaçait de ses bras de squelette avec une puissance que décuplait la fureur ; elle lui soufflait à la face son haleine impure, le souillait de sa bave infecte, et lui labourait le cou de ses ongles crochus et acérés.

Jozabad, en proie à une stupeur indicible, restait cloué

à sa place. Le nègre barrait toujours le passage, brandissant son arme brillante.

Nathan, tout en détournant la tête tant pour éviter la vue de l'affreux visage de la pythonisse que pour préserver ses yeux qu'elle cherchait à lui arracher, imprima soudain une secousse énergique à l'odieux fardeau qu'il portait. La sorcière se cramponna à lui avec une force extraordinaire, et se maintint dans la position qu'elle avait prise.

Le serpent, apparemment trop pressé, déroula promptement ses orbes brillants, se jeta à terre, se dirigea vers le nègre et s'enlaça autour de son corps.

Méroé, gêné par cette ceinture vivante, abaissa son poignard. La pythonisse, attentive à tout, vit ce mouvement, et elle cria à son esclave :

— Prends garde, si tu tiens à vivre !

Le nègre brandit de nouveau le stylet.

Nathan, que la crainte du serpent avait paralysé jusque-là, parvint à saisir les deux mains de la pythonisse qu'il étreignit de ses doigts de fer ; il accomplit aussitôt une évolution, qui le plaça face à face avec Méroé et avec la sortie du repaire.

Alors, maître du terrain, il dit au nègre d'une voix étranglée :

— Si tu as le malheur de faire un pas de mon côté,
je broie les poignets de ton exécrable maîtresse.

La pythonisse, suspendue maintenant par l'étreinte
de Nathan, se ramassa comme une pelote, et posa ses genoux sur la poitrine de son ennemi, dont elle inonda le
visage d'un jet de bave sanguinolente.

Nathan pressa avec rage les poignets de la sorcière,
qui poussa un hurlement de douleur et s'affaisa sur le
sol.

— Infâme créature, dit enfin l'Israélite dont le cœur
se soulevait de dégoût, ordonne à ton nègre de mettre bas
les armes.

Pour toute réponse, la pythonisse essaya de bondir et
de s'arracher à l'étreinte de Nathan. Mais ce dernier, réu-
nissant dans une seule des siennes les mains de la sorcière, la saisit de l'autre à la gorge, et recula, en la tenant
ainsi, vers le foyer.

— Obéis, s'écria-t-il, ou je fais rôtir ton vilain corps
dans cette flamme.

La pythonisse râlait affreusement. Le nègre avança.

Nathan, dont la force remarquable déjà se trouvait
accrue par le sentiment du danger et le désir de se délivrer d'un immonde contact, apercevant Méroé à sa

portée, l'envoya rouler, d'un coup de pied, au milieu de la tanière. Dans sa chute, le nègre laissa échapper son poignard. Nathan, lâchant les mains de la pythonisse sans cesser de la tenir à la gorge, se courba promptement, ramassa l'arme et en porta la pointe au visage hideux de la sorcière, tâchant de lui entr'ouvrir les dents.

— Il faut que j'achève mon œuvre, fit-il avec un accent de haine effrayant, et que je tranche aujourd'hui ta langue infernale.

— Grâce ! supplia la pythonisse.

— Ah ! tu demandes grâce ; as-tu fait grâce à la femme qui vivait jadis à mon foyer, à celle qui portait mon nom et m'aimait comme jamais personne ne m'avait aimé en ce monde ! Tu l'as assassinée sans qu'elle t'eût fait aucun mal.

— Et pour cela, tu m'as infligé un châtiment pire que la mort ; j'ai trente ans à peine, et les mutilations que tu m'as fait subir m'ont rendue la plus affreuse des créatures.

— Ton âme est encore plus hideuse que ton misérable corps. Mais c'est trop parler, il vaut mieux agir.

Et Nathan s'efforça d'introduire le poignard dans la

MOSA L'ISRAÉLITE   4

bouche infecte de la pythonisse. Les mâchoires de l'horrible femme se resserrèrent convulsivement, et une de ses dents se brisa sous le fer.

Folle de douleur, elle se tordit entre les mains de l'homme qui la torturait, et se renversa au-dessus du feu, auquel elle tournait le dos en ce moment.

Les doigts de Nathan se détendirent, un sourire amer plissa les lèvres de l'Israélite ; il allait lâcher son ennemie dans le brasier.

Jozabad, jusque-là spectateur muet de cette épouvantable scène, intervint entre les deux ennemis ; il courut à la pythonisse, la soutint au moment où elle allait tomber, et dit à son compagnon :

— C'est assez ; n'irrite pas davantage les esprits soumis à cette femme.

— Les esprits ! fit Nathan avec dédain, qu'ils viennent la délivrer s'ils le peuvent.

— Le roi de Syrie la protége, et il ne te pardonnerait point de lui faire du mal.

A ces mots, Nathan hésita ; il retint machinalement la pythonisse que cette lutte et la frayeur avaient épuisée ; et, regardant fixement son interlocuteur :

— Qui le saura? dit-il.

Un pareil acte ne pourra demeurer secret ; le roi ordonnera une enquête, enverra des commissaires, remuera
tout le pays pour trouver le coupable.

— Je ne veux point mécontenter Antiochus, déclara
Nathan, qui rejeta la sorcière vers le fond de l'antre ;
mais hâtons-nous de partir ; j'étouffe dans cette horrible
asmosphère.

Jozabad eût vivement désiré obtenir des explications
sur l'oracle rendu par la pythonisse ; mais, en jetant
sur elle un coup d'œil, il comprit qu'il lui fallait se
contenter des paroles ambiguës qu'elle avait prononc-
cées ; elle se roulait sur le sol, en proie au paroxysme de
la rage ; et le nègre, blotti dans un coin, ne bougeait plus,
il avait peur.

Les deux Israélites gagnèrent la porte de la grotte et rejoignirent leurs chevaux en quelques instants. Ils accomplirent en silence le trajet qui les séparait de l'endroit où
ils avaient laissé leurs montures.

Quand ils furent à une certaine distance du repaire de
la pythonisse, Jozabad, qui chevauchait le premier, se
tourna vers son compagnon, et lui dit avec un accent de
vive contrariété :

— Qu'avais-tu besoin de traiter de la sorte la voyante ?

Je crains fort qu'elle ne se venge et n'appelle sur nos têtes d'effroyables malheurs.

— Je me moque de son pouvoir.

— Il est redoutable pourtant, car cette femme communique avec des êtres occultes qu'il faut respecter.

— Il n'y a là qu'imposture ; je connais la misérable en qui vous semblez avoir tant de confiance.

— Elle paraît te connaître également. Quels rapports avez-vous eus ensemble?

— C'est une sombre et tragique histoire. Au reste, Jozabad, je n'ai rien à vous cacher là-dessus... Puisque nous servons la même cause, il est juste que vous sachiez les motifs de ma conduite de tout-à-l'heure.

La curiosité de l'Israélite était vivement éveillée ; il ralentit le pas de son cheval pour mieux écouter, et Nathan poursuivit :

— Maacha, la pythonisse, appartient à cette race de Samaritains, ennemie mortelle des enfants de Juda, que les Assyriens transplantèrent dans l'ancien royaume d'Israël. Sa famille habitait, il y a dix ans, la ville de Samarie, près de laquelle la mienne s'était établie. Maacha était belle et séduisante; moi-même, aux jours de ma jeunesse, je passais pour n'être point dépourvu des dons extérieurs de la nature ; les épreuves, en flétrissant mon

cœur, ont donné à toute ma personne un aspect dis-
gracieux qui inspire la répulsion. Les parents de Maacha et les miens se promettaient de nous unir par les liens
du mariage.

Mais je rencontrai un jour, dans un voyage à Jérusalem, une jeune fille charmante autant que vertueuse ; sa
vue fit sur moi une profonde impression ; et, à mon retour, je déclarai à mon père que je n'aurais pas d'autre
femme. Après quelques difficultés, il consentit, et j'obtins
la main d'Agar.

Maacha, furieuse d'être dédaignée, jura de se venger.
Elle joignait une perversité diabolique à une beauté rare.
Ayant réussi à pénétrer pendant mon absence jusqu'auprès
d'Agar, elle la perça d'un coup de poignard. L'infortunée
mourut sur-le-champ.

Quand je reparus, le soir, à ma demeure, je devins fou
de désespoir au spectacle sanglant qui s'offrit à moi ; je
m'arrachai les cheveux sur le cadavre de ma jeune femme
assassinée, et je passai une partie de la nuit à me lamenter.
Le matin, ma résolution était prise. Je saisis le poignard
que Maacha avait laissé dans la plaie, et je courus à Samarie. Je me cachai dans un faubourg de la ville, et j'épiai
quinze jours le moment favorable.

Enfin je pus arriver jusqu'à la meurtrière ; je m'em—

parai d'elle, je lui liai les pieds et les mains, puis je lui
infligeai l'expiation terrible qu'elle méritait. Avec le
même fer qui avait tué Agar, je lui coupai le nez, les
lèvres, les oreilles, et lui labourai le visage, afin que, désormais, elle fût un objet d'horreur pour tous ceux qui la
regarderaient.

Cette œuvre de justice accomplie, je disparus, et ne me
remontrai en Judée que dans ces dernières années. Ayant
pris quelques informations, je sus que Maacha s'était
réfugiée dans la tanière où nous l'avons visitée. Ses parents
et les miens sont morts.

Jozabad n'avait pas perdu un mot de ce lugubre récit,
qui le plongea dans des réflexions qu'il ne jugea pas à
propos de communiquer à son compagnon. De son côté,
Nathan, la tête penchée sur le cou de son cheval, et tout
entier aux cruels souvenirs qu'il venait d'évoquer, n'ajouta
plus un mot.

Le reste de la route se fit en silence, et la nuit était close
lorsque les deux voyageurs arrivèrent à Boarith.

Jozabad invita Nathan à s'arrêter chez lui ; mais ce dernier n'accepta pas. Ayant laissé chez Jozabad le cheval
qu'on lui avait prêté, il quitta le village et prit la route de
Modim.

III

LE SIGNAL

A peine Jozabad avait-il mis pied à terre, que l'esclave chargé de recevoir les étrangers l'avertit qu'un officier du roi Antiochus l'attendait. L'Israélite se hâta d'entrer dans sa maison, où il trouva, effectivement, un Syrien d'âge mur, dans l'exèdre ou salle de conversation.

Après les premiers compliments, l'étranger annonça à Jozabad qu'il venait de Modim, de la part d'Appellès, le commissaire royal chargé de prescrire aux habitants de la ville de sacrifier aux idoles.

— Le représentant du roi, ajouta cet homme, sachant votre dévouement pour notre maître, m'a chargé de vous inviter à vous rendre, demain matin, à Modim, où il a besoin de vos conseils et de votre concours.

— J'irai, répondit aussitôt Jozabad.

— Il est inutile, reprit le Syrien, que je vous parle des magnifiques récompenses réservées à votre zèle.

— Je connais la générosité du roi, et je sais avec quelle libéralité il traite ses serviteurs.

— Maintenant que ma mission est remplie, dit l'agent d'Appellès en se levant, je dois retourner à la ville.

— Pas avant d'avoir partagé notre souper, s'écria Jozabad en retenant l'étranger par la main.

— Il est tard, et j'ai promis à mon chef de le rejoindre le plus tôt possible. Donc, à bientôt.

Jozabad essaya encore de garder le visiteur, mais ce fut inutilement. Le Syrien se dirigea vers la porte, et, sur l'ordre du maître de la maison, un palfrenier lui amena son cheval.

— Permettez du moins que je vous fasse accompagner, réclama Jozabad ; les routes, en ce temps, ne sont pas toujours sûres.

— Merci : plusieurs de mes amis, envoyés comme moi

par Appellès dans les environs de Modim, se sont donné rendez-vous dans le voisinage de Boarith. Nous sommes armés tous en état de nous défendre.

Et le Syrien s'éloigna au galop.

Jozabad, qui avait reconduit jusque sur le seuil de l'exèdre l'envoyé d'Appellès, rentra dans la pièce, s'assit auprès d'une table de marbre blanc supportant plusieurs figurines d'ivoire, et se prit à rêver.

L'Israélite pensait sans doute à la scène dont il avait été témoin dans l'antre de la pythonisse, au récit de Nathan, aux événements qui pouvaient se produire le lendemain. Quoiqu'il en fût, il était complétement absorbé dans ses réflexions, quand un esclave pénétra dans l'exèdre, et lui dit :

— Maître, le souper est servi ; votre fils et votre fille vous attendent.

Jozabad dressa la tête et regarda le serviteur immobile devant lui, comme un homme qui s'éveille.

— Que me veux-tu ? demanda-t-il, car il n'avait pas entendu.

L'esclave répéta l'avertissement.

Sans un mot de plus, Jozabad quitta son siége, et se rendit à la salle à manger. La table, établie selon l'usage des Grecs, était bordée d'un lit à la partie supérieure; au bout, on voyait un siége.

Un jeune homme et une jeune fille s'approchèrent de la table au moment où Jozabad parut.

C'étaient les enfants de l'Israélite, Helcias et Salomith,

Helcias, né ainsi que sa sœur d'une mère syrienne convertie au judaïsme, était de taille élancée, au-dessus de la moyenne; sur ses traits et dans toute sa personne se mariaient agréablement le type hébraïque et le type étranger, accusant le mélange de deux races. Son visage, qui ne manquait pas d'énergie, reflétait cependant une certaine expression équivoque; les lignes n'avaient rien de nettement tranché, et l'observateur le plus habile n'eut pas réussi, au premier aspect, ni même après un examen plus attentif, à définir le caractère d'Helcias.

Le fils de Jozabad avait reçu une excellente éducation; également initié aux habitudes des Grecs et aux mœurs des Israélites, il avait un air distingué, une aisance et une démarche pleine de séduction. Son teint pâle s'accentuait davantage encore par le contraste avec la barbe noire qui l'encadrait. Des éclairs, qui s'éteignaient rapidement, jaillissaient parfois de ses prunelles brillantes.

Sa sœur, Salomith, réunissait également les signes de
la fusion des deux sangs divers. Quoique de petite stature, ses formes étaient si parfaitement harmonisées,
si merveilleusement dessinées ; son cou flexible supportait si délicatement sa tête, qu'elle paraissait plus grande
qu'elle ne l'était en réalité. Admirablement belle, elle
semblait n'avoir pas conscience des dons magnifiques que
la nature lui avait départis, et il suffisait de la voir pour
être sûr qu'elle n'y songeait pas. Une mélancolie profonde
voilait l'éclat de son regard, et donnait un charme de plus
à sa gracieuse physionomie.

Le frère et la sœur portaient le costume des Grecs :
Helcias avait la courte tunique frangée de pourpre, Salomith se drapait dans la robe aux plis sculpturaux dont
le ciseau des artistes du temps nous a transmis le modèle
inimitable. Des bracelets d'or ceignaient les bras de la
jeune fille, des pendants de même métal ornaient ses
oreilles que laissaient nues ses noirs cheveux rattachés
par une longue épingle au sommet de la tête, selon la
mode de l'époque.

Sur un geste de Jozabad, Helcias se plaça sur le lit, à
côté de son père, et Salomith s'assit sur le siége qui lui
était destiné.

Le premier service fut apporté aussitôt sur la table et

le repas commença. Pendant quelques minutes, le silence le plus absolu régna dans la salle : on sentait que le père et les enfants étaient livrés à de graves préoccupations. Ils touchèrent à peine aux mets succulents qui fumaient devant eux, et les divers plateaux d'argent se succédèrent sous leurs yeux, sans qu'ils y portassent pour ainsi dire la main.

Enfin, après avoir trempé pour la deuxième fois ses lèvres dans sa coupe d'or incrustée de rubis, Jozabad prit la parole, et s'adressant à son fils, il lui dit :

— Demain, nous monterons à Modim.

Heloias se tut ; il savait ce qui se préparait dans la ville pour le jour suivant, et il s'affligeait de voir son père prendre une part si active à la persécution du culte hébraïque. Malgré les sollicitations de Jozabad, et grâce peut-être aux douces exhortations de sa sœur, il avait toujours refusé d'abandonner la foi de ses pères. Néanmoins, sincèrement dévoué aux rois de Syrie; il n'eût pas hésité à combattre pour le maintien de leur domination.

Quelques mois avant l'époque où nous en sommes, Jozabad l'avait conduit à Antiochus et présenté au roi. Accueilli avec faveur par Antiochus, comblé de prévenance par les courtisans, et surtout par Nicanor, l'un

des plus habiles généraux de l'armée, il avait conçu
pour les princes syriens un attachement à toute
épreuve.

Une circonstance que nous devons noter ici avait contribué encore à fortifier le lien puissant qui l'enchaînait
aux gouvernants étrangers : admis dans la famille de
Nicanor, au sein des palais somptueux que ce chef possédait sur les bords de l'Oronte, il y avait vu une jeune
fille, belle comme sa sœur, et joignant aux séductions
dont elle était douée toutes les recherches du luxe orien-
tal.

Depuis, cette image n'avait cessé de repasser devant
son regard ; dans ses rêves, il lui donnait des proportions
presque divines, et le bonheur de son avenir lui semblait
inséparable d'une alliance avec la fille de Nicanor.

Effrayé, un jour de la distance qui le séparait du
noble Syrien, il s'ouvrit à son père des aspirations dans
lesquelles son âme se complaisait. A sa grande surprise,
Jozabad n'essaya point de lui démontrer l'impossibilité
d'un tel mariage, il se contenta de lui dire avec un sourire étrange :

— Il ne tient qu'à toi de mériter d'être le gendre de
Nicanor.

Enivré d'une pareille espérance jetée dans son cœur, il

confia tout à Salomith. Mais celle-ci reçut avec tristesse cette confidence.

— Frère, répondit-elle, oublies-tu les défenses de la loi ? Il ne nous est point permis de nous unir avec les étrangers.

— Notre mère pourtant n'était point de la race d'Israël, soupira Helcias.

— Il est vrai ; mais, avant d'épouser notre père, elle professa le culte des Hébreux.

— Pourquoi n'en serait-il pas de même de Stratonice, la fille de Nicanor ?

— Parce que jamais son père ne le souffrira ; il craindrait trop de déplaire à Antiochus, qui hait notre religion.

Helcias tenta d'amener sa sœur à d'autres idées , mais la jeune fille persista à désapprouver ce projet. De là les inquiétudes sans cesse renaissantes qui agitaient l'esprit d'Helcias. Partagé entre ses croyances et le sentiment puissant qu'il éprouvait pour Stratonice , il voyait avec une angoisse extrême se préparer la persécution contre les Israélites fidèles ; il s'affligeait de la complicité déclarée de son père avec les Syriens qui avaient juré de ruiner le culte hébraïque pour lui substituer les pratiques de l'idolâtrie, et il appréhendait une catastrophe à Modim, quand le commissaire d'Antiochus enjoindrait l'apostasie au nom de son maître.

Voilà pourquoi il se tut lorsque, à la fin du souper, Jozabad lui annonça qu'il faudrait, le lendemain, se rendre à la ville.

L'anxiété de Salomith n'était pas moindre que celle de son frère. Chaque jour, la vertueuse jeune fille priait avec ferveur, tournée vers le temple de Jérusalem ; elle conjurait l'Eternel d'épargner à sa nation les maux qui la menaçaient ; elle implorait pour son père , engagé dans les voies de l'impiété, la clémence du Très-Haut, vers qui elle faisait monter ses gémissements et ses pleurs.

Voyant que son frère gardait le silence, Salomith hasarda une objection au dessein que Jozabad exprimait de se rendre le lendemain à Modim.

— Mon père, fit-elle d'une voix émue, votre présence à la ville, demain, est-elle donc indispensable ?

— J'ai promis d'y aller, répliqua laconiquement l'Israélite.

— Souffrez que j'insiste, mon père, reprit la jeune fille ; mais il me semble que votre situation sera difficile.

— Comment cela?

— On prétend qu'Appellès ordonnera aux habitants de Modim d'adorer les idoles.

— Effectivement.

— Eh bien, s'il y a des résistances, resterez-vous parmi les Syriens et lutterez-vous contre nos frères?

— Nos frères! fit Jozabad avec amertume, nos frères! Les Syriens ne te sont-ils point aussi proches que les Juifs? Ta mère n'était-elle pas de leur nation?

— Elle avait adopté le peuple d'Israël pour le sien.

— Et moi, s'écria Jozabad que ces réflexions irritaient, et moi je préfère les Syriens qui nous comblent de bienfaits. Cesse, insensée que tu es, de me prêcher là-dessus; je sais ce que je dois faire. C'est à moi de t'indiquer la route à suivre, et je te trouve singulièrement impertinente d'oser me donner des conseils.

Ces dures paroles arrachèrent des larmes à Salomith. Cependant elle ajouta en sanglotant et les mains jointes:

— Mon père, Dieu sait combien je vous respecte, et je ne voudrais pas vous offenser; mais vos jours me sont chers, et je redoute tout pour vous, si vous paraissez demain dans Modim.

— Tu connais donc des assassins capables d'attenter à ma vie?

— Un combat peut se livrer...

— Rassure-toi : *le fort triomphera*, m'a-t-il été annoncé. Je n'ignore pas que les Asmonéens conspirent, et que les fils d'Abiézer sont prêts à se ranger de leur côtés; mais sois tranquille, on fera justice des traîtres. Mosa lui-même ne sera pas épargné, s'il a le malheur de faire cause commune avec les ennemis du roi Antiochus. Hier soir, je t'ai signifié de renoncer à l'alliance de Mosa; aujourd'hui, je réitère cet ordre. Efface donc de ton cœur le souvenir de l'homme qui méprise ton père.

— Ah! quelle erreur est la vôtre, dit Salomith dont ces paroles déchiraient l'âme : Mosa vous aime sincèrement, et il voudrait vous sauver...

— Me sauver! interrompit Jozabad avec un rire convulsif, est-ce que je suis en danger? D'ailleurs, j'aimerais mieux périr que de rien devoir à la race d'Abiézer. Pour toi, je te défends tout rapport avec Mosa. J'ajouterai que si, par aventure, je succombais inopinément, et que tu voulusses entrer dans la famille d'Abiézer, tu encourrais ma colère. Oui, du fond de mon tombeau, je te maudirais.

Salomith, accablée, laissa tomber sa tête sur sa poitrine, et Jozabad poursuivit impitoyablement:

MOSA L'ISRAÉLITE. 5

— Oui, maudite sois-tu, si jamais il y a quelque chose de commun entre toi et Mosa!

En achevant ces mots, l'Israélite se leva et se retira dans le cabinet où Nathan l'avait rencontré avant d'aller chez la pythonisse.

Quand son père se fut éloigné, Helcias, qui aimait singulièrement sa sœur, l'entraîna dans la salle des livres, afin d'échapper aux regards curieux des esclaves, et là il essaya de la consoler par d'affectueuses paroles. Mais Salomith secoua la tête avec désespoir :

— Ce n'était pas assez, dit-elle d'une voix entrecoupée de sanglots, de défendre à Mosa l'accès de notre demeure, notre père veut encore arracher de mon cœur l'image chérie du noble fils d'Abiézer. Helcias, tu l'as entendu, il a prononcé les redoutables imprécations.

— Aie confiance en Dieu, il sera ton appui.

— Hélas! ce Dieu qu'offense notre maison, n'aura pour nous, sans doute, que des châtiments. Tiens, frère chéri, j'ai de funestes pressentiments pour le sort de mon père. J'ai peur de la colère divine qu'il semble prendre à tâche de provoquer. Hier, j'ai entrevu Mosa seul quelques minutes, et il m'a confié que les Asmonéens et leurs amis ne se soumettraient pas aux ordres d'Antiochus.

— Ils refuseront de sacrifier, je le sais ; en cela, je les imiterai.

— Ce n'est pas tout : le bruit court qu'ils ne sont pas disposés à tendre la gorge, comme le vieillard Eléazar, les sept frères et leur mère, mais qu'ils se préparent à en appeler aux armes.

— S'ils se révoltent, repartit Helcias avec un accent résolu, je me séparerai d'eux.

— Je t'en conjure, frère, ne tire jamais le glaive contre Mathathias, ses fils et ses amis ; ils ne t'ont fait aucun mal.

— Le devoir me prescrit de défendre l'autorité du roi Antiochus.

— Songe à l'amitié que tu professais pour les fils de Mathathias, et pour... ceux d'Abiézer ? si l'un deux tombait sous tes coups, je ne m'en consolerais jamais.

Helcias essaya de rassurer sa sœur et de changer de conversation, mais elle revenait toujours sur ce sujet, voulant tirer une promesse du jeune homme. Elle ne réussit ni par ses pleurs, ni par ses prières ; quoique touché de la douleur de Salomith, il demeura inébranlable. Le souvenir des caresses d'Antiochus et l'image de Stratonice triomphèrent de toutes les instances de la eune fille. Il s'était persuadé qu'il y avait obligation pour lui de soutenir la domination des monarques de Syrie, quelque fussent leurs attentats. Salomith, comprenant qu'elle ne gagnerait rien et qu'il était impossible de fléchir son frère, prit enfin congé de lui, après un triste adieu.

Elle se réfugia dans son appartement, où elle trouva sa vieille nourrice, Martha, qui avait assisté aux derniers moments de sa mère, et qui lui avait inculqué la crainte du Seigneur.

Helcias, troublé par les scènes de cette soirée, sortit de la maison pour respirer le grand air ; il s'enfonça dans une longue allée, bordée de sycomores. De temps en temps un rayon de la lune, alors dans son plein , filtrant à travers le feuillage, éclairait le front pâle et ruisselant de sueur du jeune homme ; mais en ce moment, lui qui se plaisait tant à contempler la nature aux heures paisibles du soir, il paraissait étranger aux objets qui l'environnaient et ne prêtait aucune attention aux clartés blondes qu'épanchait la reine des nuits. Tout entier à ses sombres pensées, il ne pouvait, parfois, se défendre d'une vague terreur.

Il ne rentra que fort tard dans la demeure de son père, et quand l'aube blanchit l'horizon, il n'avait point encore fermé l'œil.

Salomith, non plus, n'avait pu trouver le sommeil.

Jozabad, fatigué de sa course à l'antre de la pythonisse, s'était couché au sortir de table ; mais il avait eu des songes effrayants, dont l'impression enveloppa son âme, quand il fut éveillé, comme dans un linceul funéraire.

Ses esclaves vinrent l'habiller ; puis, de sa chambre à coucher, il passa dans son cabinet, où il ordonna qu'on le laissât seul. L'Israélite prévaricateur avait beau chercher à se faire illusion, il sentait instinctivement que la journée présente serait féconde en graves événements. Ennemi mortel des Asmonéens qui avaient maintes fois blessé son orgueil et dont il jalousait la grande situation dans Modim, il les redoutait secrètement, et l'appui de l'étranger ne le rassurait pas entièrement. Le retour de Judas à la ville, le caractère inflexible du vieux Mathathias, l'habileté, les talents incontestables, la bravoure de tous ses fils, les nombreux amis qui entouraient cette puissante famille, tout cela préoccupait Jozabad.

D'ailleurs, depuis deux jours, des rumeurs inquiétantes circulaient ; on répétait que la demeure des Asmonéens était remplie d'armes, et qu'ils étaient décidés à tenter un coup d'état.

Jozabad agita longtemps dans son esprit ces diverses

considérations. Les premières années de sa jeunesse lui
revinrent en mémoire, et ces souvenirs, ordinairement
si doux, le mordaient au cœur comme un remords. Lui
aussi avait goûté de pures jouissances dans la pratique
de la loi ; ce temple de Jérusalem, maintenant profané
par les païens, il y était entré avec respect pour adorer
l'Eternel ; tant que sa femme avait vécu, il avait été
heureux ; et si l'ambition envahissait de temps en temps
son âme, les sages paroles de sa vertueuse compagne l'em-
pêchaient de s'engager dans les routes du mal.

Mais en perdant cette épouse aimée et digne de l'être,
il perdit l'ange qui le guidait dans les chemins honora-
bles de la vie. Ses passions, comprimées par une sainte
influence, brisèrent bientôt toutes les entraves. L'envie,
l'ardent désir des honneurs, la conscience de son incapacité pour arriver à une position éminente par son propre
mérite, ces causes réunies le conduisirent aux Syriens,
puis à l'apostasie.

Maintenant, foncièrement perverti, il souhaitait de
voir le culte de Jéhovah complétement aboli ; la fidélité
des autres lui reprochait continuellement son crime. Et
comme chez lui, ainsi qu'il arrive habituellement, la
corruption du cœur avait suivi la dépravation de l'esprit,
il aspirait à se livrer sans retenue aux désordres, à la
licence, aux jouissances effrénées des Syriens. Jusqu'ici,

deux choses l'avaient retenu dans certaines bornes : la crainte de s'avilir aux yeux de ses enfants, et celle de s'attirer le mépris des habitants de Modim, dont il espérait devenir le gouverneur, par la faveur du roi Antiochus.

Cette longue méditation, dans laquelle Jozabad repassa pour ainsi dire toute sa vie, le laissa plus résolu que jamais de s'associer aux Syriens pour ruiner définitivement l'antique religion des Hébreux ; il se flattait que les honneurs, la puissance, de nouvelles richesses ajoutées à celles qu'il possédait déjà, seraient le prix de sa complicité.

Rempli de ces espérances, il oublia le danger et ne vit plus que le résultat qu'il poursuivait. Après avoir étouffé ainsi les derniers murmures de sa conscience, il appela Helcias.

Le jeune homme se présenta triste et soucieux à son père, devant lequel il s'inclina respectueusement.

— Ce jour, commença Jozabad, doit élever notre maison sur les ruines de celle de Mathathias. Il faut seulement que nous nous montrions dignes des destinées qui nous attendent.

Helcias ne répondit pas.

— N'es-tu pas disposé à obéir aux volontés du roi Antiochus? reprit Jozabad.

— Oui, certainement, mon père, en tout ce qui n'est
pas contraire à la loi de Dieu.

— La loi de Dieu! s'écria l'apostat que cette réponse
irritait; je ne connais pas d'autre Dieu que le roi Antiochus, et ses volontés sont mon unique loi.

Helcias pâlit à ce blasphème, et son père se hâta
d'ajouter :

— Es-tu décidé?

— Je resterai fidèle au culte de mes ancêtres.

— Alors, tu renonces à la fille de Nicanor? fit Jozabad
avec dépit.

— Je ne renonce à rien, mais je refuse d'apostasier.

— Réfléchis, dit Jozabad d'une voix étouffée par la
colère.

— Mon parti est irrévocable.

Jozabad, hors de lui, s'avança vers son fils ; mais la
contenance froide, déterminée d'Helcias, l'arrêta. Il le
regarda, blême de fureur; puis, reculant d'un pas, il
murmura :

— Insensé, reste ici, je ne veux pas que tu me désho-
nores devant le commissaire du roi. Je saurai, sans toi,

mériter les faveurs d'Antiochus. S'il le faut, je monterai le premier à l'autel, et je sacrifierai publiquement.

— Vous ne ferez pas cela, mon père ! s'écria une voix suppliante.

Et Salomith qui, en venant rendre ses devoirs à Jozabad, avait tout entendu, se précipita aux genoux de l'Israélite et leva vers lui ses mains tremblantes.

Cette brusque intervention surprit d'abord Jozabad ; Salomith était si belle dans cette attitude ; il y avait tant de tendresse filiale dans son regard, une candeur si touchante sur son front, que l'apostat ne put cacher une légère émotion ; mais ce sentiment s'évanouit aussitôt ; les mauvaises passions l'emportèrent, et il repoussa brutalement sa fille.

— Rentre dans ton appartement, ordonna-t-il d'une voix dure, et pas un mot de plus.

Ensuite, se tournant vers Helcias :

— Accompagne ta sœur, ajouta-t-il, et ne quitte sous aucun prétexte cette maison. Ce soir, je vous ferai connaître mes volontés.

Salomith se leva en sanglotant, et s'éloigna avec son frère, accablée de douleur.

Quelques instants plus tard, après un léger repas,

Jozabad montait à cheval et se rendait à Modim, suivi de deux serviteurs.

Tandis que ceci se passait à Boarith, la maison des Asmonéens, à Modim, était témoin d'un spectacle imposant. Dès le matin de ce jour marqué pour l'apostasie de la ville, de nombreux Israélites se pressaient dans l'enceinte de cette puissante demeure. On les introduisit dans une vaste salle aux murailles sévères et simplement lambrissées. Le vieux Mathathias était là, entouré de ses cinq fils. Semblable aux patriarches d'autrefois, il avait conservé une partie de sa vigueur, malgré les années ; sa haute taille, sa figure vénérable, ornée d'une longue barbe blanche, la majesté qui respirait dans sa personne, le feu de son regard, tout, dans ce prêtre auguste de la famille de Joarib, attirait l'attention.

Judas, l'aîné de ses fils, debout à sa droite, apparaissait là comme la personnification de la force guerrière. Le redoutable Asmonéen, célèbre déjà par de nobles et audacieuses actions, égalait son père par la stature. Il était dans toute la force de sa glorieuse jeunesse, car il venait d'atteindre seulement sa trentième année ; les proportions admirables de son corps que dissinait sa courte tunique, son visage intelligent et beau, la distinction rare qui éclatait dans tous ses mouvements, la mâle résolution empreinte sur ses traits le désignaient pour le commandement ; le sceau de la puissance était gravé sur son large front ; rien qu'à le voir, on comprenait que Judas était né pour remplir les fonctions de chef.

Son frère Jonathas, brave et beau comme lui, se tenait à la gauche de Mathathias. Simon, qui n'avait que vingt-cinq ans, ressemblait déjà à un sage mûri par les années, tant il y avait de calme sur sa figure, de réflexion dans son regard, de réserve dans son maintien.

Eléazar, le plus jeune des fils de Mathathias, avait près de lui Joakim, le frère de Mosa. Une sympathie parfaite, une amitié profonde unissait les deux adolescents.

Le silence régnait dans la vaste salle ; tous les yeux étaient fixés sur Mathathias, qui portait en ce moment la robe des prêtres et un léger manteau ; toutefois, un glaive brillait à son flanc : ses fils et ses amis avaient caché leurs armes sous leur vêtement.

Le vieillard contempla un instant avec une satisfaction visible les hommes fidèles qui l'entouraient. Puis, prenant la parole, il leur dit :

— Enfants de Juda, l'heure est arrivée de prouver que vous appartenez à la forte race qui, au retour de la captivité, a relevé et défendu les murs sacrés de Sion. Le temple qu'ils ont reconstruit en des temps difficiles, a été

souillé par l'étranger ; on veut, de plus, courber nos cons-
ciences et nous obliger d'offrir un encens sacrilège aux faux
dieux ; enfants de Juda, foulerez-vous aux pieds la loi sainte
et les prescriptions de Jéhovah ?

— Plutôt mourir ! s'écrièrent à la fois tous les assistants.

— Je n'attendais pas moins de vous, généreux
Israélites, reprit Mathathias d'une voix vibrante ; votre
ardeur me prouve que je puis compter sur vous. Dans
quelques instants, le commissaire d'Antiochus nous con-
voquera devant l'autel maudit élevé au milieu de cette
ville de Modim ; eh bien ! nous irons tous au rendez-
vous. Là, je vous donnerai le signal, et nous proteste-
rons les armes à la main, contre la tyrannie du Syrien
abhorré. Il ne suffit plus de mourir pour sauver Israël,
il faut combattre. D'ailleurs, la résistance est légitime,
elle est désormais un devoir. Au Deutéronome, Dieu
commande à son peuple de tuer ceux qui voudraient lui
persuader de sacrifier aux idoles. Jurez donc, la face tournée vers Jérusalem, de tirer le glaive pour la défense de la
loi et de l'indépendance nationale.

L'assemblée entière, obéissant à l'invitation de l'illustre
Lévite, se tourna vers Jérusalem et prêta avec transports
le serment demandé.

— Maintenant, ajouta Mathathias, rendons-nous à la place publique.

Et il s'avança, escorté de ses fils, suivi de ses amis. Les portes de la demeure des Asmonéens s'ouvrirent, et cette troupe héroïque se dirigea vers le lieu où siégeait l'envoyé d'Antiochus.

Nous avons entendu Nathan raconter les débuts de cette assemblée solennelle réunie autour d'Appellès, en présence de l'autel des idoles. Il avait rapporté sommairement les paroles du commissaire syrien et la réponse de Mathathias.

Après le départ de Nathan, un silence de stupéfaction plana d'abord sur les assistants.

Enfin, sur la sommation d'Apellès ordonnant au nom d'Antiochus à tous les habitants de sacrifier, Jozabad monta le premier à l'autel, comme pour jeter un défi aux Asmonéens.

A cette vue, Mathathias tirant son glaive, s'élança sur les pas de l'apostat, lui plongea son arme dans la poitrine, brisa l'idole, dispersa les matériaux du sacrifice, et se tourna vers l'assemblée, muette de saisissement.

Le visage du vieillard était transfiguré; il apparut si menaçant et si terrible à la foule, que les prévaricateurs s'éloignèrent à la hâte.

Alors, la voix de Mathathias retentit en éclats formidables : elle appelait tous les vrais Israélites à la défense du culte national.

Le signal était donné.

Judas et ses frères répondirent à leur père en poussant le cri de guerre contre l'étranger et l'oppresseur de la religion ; soutenus par leurs amis, ils se précipitèrent sur Apellès et sur ceux qui l'entouraient, et les immolèrent.

Cet acte énergique accompli, Mathathias cria :

— Quiconque est zélé pour la loi et veut demeurer ferme dans l'alliance, qu'il me suive !

Beaucoup répondirent à son appel, et le soir de ce jour mémorable, de nombreux soldats assiégeaient les portes de la demeure des Asmonéens.

IV

LA MISSION

Après la sanglante exécution que nous venons de raconter, Mathathias, son glaive rouge de sang à la main,
debout sur le tribunal où Appellès avait été immolé, abaissa
son regard enflammé sur ses fils, sur ses amis, sur la foule
d'Israélites fidèles qui s'étaient associés par leurs acclamations à sa généreuse initiative.

— Enfants de Juda, leur dit-il, la lutte est engagée
désormais, et nous n'avons plus à reculer. Il nous faudra triompher ou mourir. Cette ville, en ce moment, est

délivrée de la présence maudite de l'étranger ; mais les
Syriens sont puissants : ils occupent les principales cités
de la Palestine, ils dominent à Jérusalem où ils sont en
force. Quelques-uns des satellites d'Antiochus nous ont
échappé, ils courent, sans doute, à Sion, pour informer
le commandant du château de ce qui vient de s'accomplir ici. Or, il nous est impossible de leur résister longtemps à Modim, et nous devons nous préparer à quitter
cette place mal fortifiée, où nous serions immanquable-
ment détruits. Que ceux qui veulent me suivre s'apprê-
tent ; nous partirons cette nuit pour les montagnes. Là,
dans les cavernes qui servirent naguère de refuge à
plusieurs de nos frères, nous nous organiserons. Nous
enverrons des émissaires dans les pays voisins, nous nous
mettrons en rapports avec les habitants du littoral ; et
bientôt, je l'espère, nous pourrons reparaître au grand
jour, les armes à la main.

Les paroles de Mathathias furent accueillies avec respect. L'auguste vieillard annonça ensuite qu'il donnerait
ses ordres, avant de quitter Modim, pour assurer la sécurité des familles des Israélites décidés à prendre part à la
guerre sainte.

Alors, Mathathias, descendant de l'estrade, traversa les
rangs pressés de la multitude, et se dirigea, escorté de ses
fils et de ses amis, vers sa demeure.

Joakim avait accompagné les Asmonéens ; mais il sortit bientôt de leur maison, à cheval et le poignard passé dans la ceinture. En même temps que lui, d'autres jeunes gens, également impatients de secouer le joug de l'étranger, franchissaient le seuil de l'habitation de Mathathias, et se répandaient dans les différentes rues de la ville.

Quant au fils d'Abiézer, il s'élança à toute bride sur la route d'Esron, sans s'inquiéter des regards qui l'examinaient curieusement, ni même des saluts sympathiques qu'on lui adressait. En quelques minutes il atteignit le bas de la montagne. Mais, tout à coup, à un détour que faisait la route, il retint brusquement les rênes et arrêta sa course effrénée.

Deux cavaliers venaient de se montrer, galopant comme lui et non moins pressés d'arriver au but.

Joakim reconnut son frère d'abord, puis Nathan.

A la vue de ce dernier, le visage du jeune homme s'empourpra de colère ; il darda un regard terrible, plein de menaces, sur le compagnon de Mosa, et il s'écria :

— Misérable ! voici l'heure où finira le jeu infâme que tu joues.

— Frère, épargne cet homme, recommanda Mosa qui s'était arrêté en face de Joakim, ainsi que Nathan

— Que j'épargne un traître, un vil espion ! reprit le jeune homme avec un redoublement d'irritation et en saisissant son long poignard. Non, non, il n'en sera pas ainsi.

Et tout en parlant de la sorte, il poussait son cheval sur Nathan, qu'il se préparait à frapper.

Mosa intervint et détourna le coup. Nathan, les lèvres agitées d'un tremblement nerveux, le teint blême, la poitrine haletante, demeurait impassible, preuve manifeste qu'il ne ressentait aucune crainte.

— Frère, que fais-tu ? dit Mosa ; si les Syriens te voyaient user de violence, ils ne te pardonneraient pas.

A ces mots, Joakim laissa échapper un rire convulsif.

— Les Syriens maudits ! fit-il, nous les avons chassés de Modim. Le vieux Mathathias a donné le signal de la lutte. En cet instant, les Asmonéens et les vrais Israélites sont en armes pour reconquérir la liberté religieuse et l'indépendance nationale.

Et le jeune homme raconta la grande scène dont Nathan avait vu le début, et qui s'était terminée par la mort de Jozabad et celle des officiers d'Antiochus. Les vêtements de Joakim, tout maculés de sang, attestaient l'exactitude de son récit.

— Maintenant que le glaive est hors du fourreau, continua-t-il avec exaltation, il faut que les amis de la loi déploient une infatigable énergie pour la délivrance de la Judée. Les Ásmonéens font appel à tous les Israélites fidèles, et je suis chargé, Mosa, de te porter leurs ordres.

— Que me prescrivent-ils? interrogea Mosa, que la nouvelle de la mort tragique de Jozabad avait rendu triste.

Joakim jeta un coup-d'œil plein de défiance et de haine sur Nathan, et répondit :

— Je ne puis parler en présence d'un traître. Puisque tu protéges cet homme, je m'abstiendrai de lui infliger le châtiment qu'il mérite ; mais qu'il s'éloigne au plus vite.

— Je crois que ses intentions sont bonnes, dit Mosa ; il est venu m'avertir que tu étais en péril à Modim, car il a quitté cette ville au moment même où Mathathias refusait d'obéir au commissaire d'Antiochus. C'est lui qui m'a engagé à monter à Modim pour te prêter secours, au besoin.

— Il te tendait un piége : il espérait que les Syriens, ses amis, triompheraient, et il te menait à un coupegorge.

Nathan, jusque-là immobile sur sa selle, tressaillit ; ses

prunelles brillèrent d'un éclat étrange, ses traits devinrent livides, tout son être frissonna sous l'influence d'un sentiment qu'il ne réussissait point à comprimer. Il leva le bras et murmura d'une voix étouffée :

— Si j'avais voulu attenter à la vie de Mosa, j'ai eu deux fois aujourd'hui l'occasion de le tuer impunément : chez lui d'abord, et ensuite sur cette route, car je porte des armes sous mes vêtements.

En même temps, Nathan, entr'ouvrant sa tunique, montra deux longs poignards enfermés chacun dans une gaîne de cuir.

— Cet homme ne ment pas, déclara Mosa. Au reste, le vieux Sellum, notre intendant, dont tu connais la prudence et la sagacité, m'a dit que je pouvais me fier à lui.

— C'est étrange! fit Joakim que ces paroles surprenaient au dernier point.

— Je ne suis pas un assassin, reprit Nathan avec un accent douloureux. Pourtant, si vous l'exigez, je m'éloignerai.

Et il se disposait à descendre du cheval appartenant aux écuries d'Abiézer.

Joakim consulta Mosa du regard. Celui-ci hésitait, ignorant l'importance des communications que son frère avait à lui faire. Le jeune homme comprit sans doute la pensée de son aîné, et dit aussitôt :

Que Nathan reste, puisque tu le désires. Quelque soient ses intentions, je ne vois aucun inconvénient à m'expliquer devant lui. S'il rejoint nos ennemis, ce qu'il leur racontera ne pourra nuire à notre cause, car tout ce que j'ai à t'expliquer de la part des Asmonéens, aura déjà reçu son exécution. Ecoute-moi donc attentivement : chaque minute qui s'écoule est précieuse.

Cette nuit, Mathathias, ses fils, et la plupart des Israélites soulevés avec eux contre les Syriens, se retireront dans les montagnes.

— Et nous devons les suivre? demanda Mosa.

— Non ; une mission périlleuse mais honorable nous est offerte. Sur la proposition de Judas, on t'a désigné pour rester avec moi dans Modim, à la tête d'une troupe fidèle.

— Les Asmonéens commettent une grave imprudence en voulant garder une ville mal fortifiée et qui ne saurait résister longtemps aux attaques de l'ennemi.

— Les circonstances leur imposent cette mesure, reprit Joakim. Les hommes qui se disposent à commencer la guerre sainte laisseront dans Modim leurs femmes, leurs enfants, leurs pères et leurs mères, et il est indispensable d'aviser à sauvegarder ces existences si précieuses. Or, voici ce que Mathathias a décidé. Tandis que le chef de la maison d'Asmon se rendra au désert pour y former le noyau d'une armée, nous prendrons le commandement des hommes qu'il nous aura laissés et nous nous emparerons de quelques Syriens ainsi que de plusieurs familles israélites dévouées à nos oppresseurs. Ce seront des otages que nous retiendrons dans nos mains, et qui répondront du salut des parents de nos frères. Munis de ces gages, nous nous établirons dans la demeure des Asmonéens, où nous trouverons des armes. Retranchés dans la tour qui domine l'habitation, nous pourrons défier pendant un certain temps les efforts des satellites d'Antiochus. D'ailleurs, des partis de coureurs sillonneront constamment la campagne, afin de tenir nos tyrans en haleine, jusqu'à ce que Mathathias soit en mesure de se porter ouvertement sur Modim.

— Alors tu venais me chercher?

— Précisément.

— Mais notre mère, notre sœur...

— Judas m'a promis qu'elles ne courraient aucun danger. De plus, il s'est engagé à les faire prévenir avant le milieu de la nuit, au cas où je te rencontrerais en route

— C'est singulier, balbutia Mosa. Et comment le fils de Mathathias pouvait-il deviner que je monterais à la ville, puisque moi-même, il y a deux heures, j'étais résolu de rester à Esron ?

— Je l'ignore. Quoiqu'il en soit, il paraissait supposer que tu devais arriver à Modim vers la fin du jour. Mais hâtons-nous : le soleil se couche, là-bas, et il n'y a pas une minute à perdre pour prévenir les Syriens

Joakim, en achevant ces mots, tourna bride et lança son cheval au galop. Mosa, pensif, l'imita, et Nathan suivit les deux frères. Mais quand les trois cavaliers furent parvenus à mi-pente de la montagne, Nathan, qui était en arrière, se jeta brusquement dans un sentier tracé à travers un petit bois de chênes et de lentisques, et se déroba ainsi à ses compagnons.

Joakim, moins absorbé que son frère dans ses réflexions, s'aperçut le premier de la disparition de l'étrange personnage.

— Le misérable nous échappe ! s'écria-t-il ; après nous avoir trompés, il court nous trahir.

Mosa tourna la tête ; l'étonnement, puis la colère se peignirent sur son visage.

— Poursuivons-le, fit-il en arrêtant son cheval.

— Malheureusement nous n'avons pas le temps ; nous sommes attendus à Modim.

— Tu as raison, reprit Mosa ; mais que l'espion se garde de tomber entre mes mains, il paierait une fois pour toutes.

Les deux frères continuèrent leur course et atteignirent bientôt la porte de la ville, puis la demeure des Asmonéens, où l'on avait déjà conduit plusieurs familles syriennes et israélites. Une sentinelle, placée au sommet de la tour, surveillait la campagne et la route de Jérusalem ; mais sa faction allait devenir inutile, car la nuit se faisait rapidement.

Mosa et Joakim étant entrés dans la maison de Mathathias, furent immédiatement introduits dans la vaste salle où se tenait le vieux prêtre. En cette heure solennelle, où, sans armée, sans alliés, sans forces organisées, il s'attaquait à la puissance redoutable des dominateurs de l'Asie, il donnait ses ordres avec un calme héroïque. Il avait échangé la robe des prêtres contre l'habit des guerriers ; au-dessus de sa tête vénérable flottait l'étendard de Judas, portant, brodées en lettres d'or, les initiales des paroles suivantes : — QUI EST SEMBLABLE A DIEU? Ces initiales devinrent le glorieux surnom de Judas, qui fut appelé MACHABÉE ; ses frères, sa famille participèrent à cet honneur, et l'histoire désigne ainsi les glorieux Asmonéens.

Tous les fils de Mathathias étaient armés comme leur père. Ils s'occupaient de faire distribuer des épées, des piques, des arcs et des javelots aux Israélites qui venaient s'enrôler sous leur bannière. En prévision de ce jour, on avait amassé dans la tour des approvisionnements de toute sorte ; une partie des richesses des Asmonéens avaient été consacrées à ces préparatifs.

Dès qu'il aperçut Mosa, Judas s'avança au-devant de lui, et lui dit en souriant :

— Tu nous manquais, en vérité, et tu dois te repentir maintenant de n'être pas monté plus tôt à la ville.

Et comme le jeune homme ne répondait pas, l'aîné des Machabées, croyant qu'il regrettait réellement de n'avoir point assisté à la prise d'armes, ajouta en portant sur son père un regard dans lequel se confondaient l'admiration, le respect et l'amour :

— Quel spectacle, Mosa ! et que tu as perdu de n'en être pas témoin ! Bien que le magnanime caractère de Mathathias me fût connu depuis longtemps, cependant, je l'avoue, jamais je n'ai vu mon père plus imposant : son attitude, lorsqu'il renversa l'idole des Syriens, me rappelait Moïse brisant les tables de la loi en présence des Hébreux prévaricateurs. Maintenant, le chef de la maison de Joarib est devenu aussi celui d'Israël. Investi par lui du commandement des hommes résolus à combattre pour la liberté de notre culte et de notre nation, je t'ai mandé afin de te confier une mission difficile, mais de la plus haute importance. Joakim, sans doute, t'a déjà communiqué nos plans.

— Il l'a fait, déclara laconiquement le fils d'Abiézer.

— En ce cas, écoute-moi attentivement et suis ponctuellement les instructions que je vais te donner. Dans quelques heures nous gagnerons les montagnes, et tu commanderas dans cette demeure où je suis né. Tu garderas soigneusement les otages renfermés dans ces murs : ils garantiront la sécurité des familles de nos frères. Mais, auparavant, il faut que tu coures à Boarith.

— A Boarith ! fit Mosa étonné.

— Oui, Boarith, au village où habitait le misérable Jozabad

A ce nom, le visage de Mosa s'assombrit davantage ; il songeait à la douleur profonde qu'éprouverait Salomith en apprenant la mort funeste de son père, et il eût voulu, en ces tristes circonstances, pouvoir consoler la jeune fille maintenant orpheline.

Judas poursuivit :

— Le fils et la fille de l'apostat, je le sais, n'ont point quitté leur maison ; tu les amèneras ici, car en les retenant en notre pouvoir, nous forcerons nos tyrans à ménager la vie de ceux qui ne peuvent abandonner Modim. Ils n'oseront pas exercer leur vengeance sur les parents de nos amis, de peur qu'on ne les accuse de ne prendre aucun souci des plus ardents défenseurs de leur domination.

— Et s'ils refusent de me suivre ? demanda Mosa d'une voix émue.

— Tu emploieras la force.

— Ah ! supplia le jeune homme, confie-moi l'expédition la plus dangereuse, mais épargne-moi le chagrin de tourmenter deux êtres sans défense : aie pitié de leur affliction...

— Fils d'Abiézer, interrompit Judas, c'est un ordre que je t'adresse, et non une simple invitation. Il y va de nos intérêts les plus sacrés, ne cherche donc point à discuter des résolutions adoptées avec maturité. J'attends de toi une obéissance aveugle. Souviens-toi que, pour être dignes de la cause que nous entreprenons de défendre, nous devons être prêts à sacrifier non-seulement notre vie, mais encore les plus saintes affections.

En s'exprimant ainsi, le vaillant Asmonéen fixait sur Mosa un regard profond, empreint de quelque sévérité. Ce n'était plus l'ami, mais le chef qui parlait. Le jeune homme n'insista plus, il courba la tête en silence ; ses yeux s'arrêtèrent sur le glaive de son père, que Judith lui avait remis avant son départ, et il se résigna. Bientôt, relevant le front, il se déclara disposé à exécuter le commande- ment de Judas.

Un instant après, il sortait à cheval de la demeure des Machabées, avec Joakim et quelques autres Israélites, et se dirigeait au galop du côté de Boarith. Il compre- nait que chaque minute était précieuse, car les Syriers ne pouvaient tarder à venir en force de Jérusalem, et il importait que toutes les mesures fussent prises avant leur arrivée.

La nuit enveloppait la campagne depuis une heure, quand Mosa et ses compagnons franchirent l'enceinte de Modim. Le silence régnait dans la vallée. Il n'y avait pas de lune au ciel ; une légère brise agitait le feuillage des arbres qui bordaient la route, et les étoiles ne pro- jetaient que des lueurs intermittentes dans l'immensité de l'espace ; des nuages flottaient aux extrémités de l'ho- rizon, et parfois des éclairs sillonnaient leurs flancs noirs.

La petite troupe ayant atteint les premières maisons

de Boarith, Mosa prescrivit une halte et prêta un moment l'oreille du côté de Jérusalem , car la voie qui
menait au village de Jozabad était aussi celle de la ville
sainte

Le jeune homme ne perçut sans doute aucun bruit,
car il pénétra immédiatement dans le bourg et se porta
droit à l'habitation de l'apostat. L'esclave qui, d'ordinaire,
veillait à l'entrée de l'avenue, sommé d'ouvrir sur-le-
champ, obéit avec empressement. Mosa passa outre,
suivi de ses amis, et s'arrêta devant la porte massive qui
fermait la tour.

V

SCÈNES DE NUIT

Le serviteur qui, d'ordinaire, occupait la loge construite à l'entrée du domaine de Jozabad, était d'origine hébraïque. Il avait d'abord hésité à ouvrir, car Mosa s'était exprimé en langue grecque, et l'esclave ignorait à qui il avait affaire, ou plutôt craignait que ce ne fussent des Syriens.

Mais à quelques mots prononcés en hébreu par l'un des cavaliers, il reconnut des Israélites; et, au lieu de courir à la maison pour donner l'alarme, il se glissa entre les sycomores de l'avenue, et s'arrêta proche de la porte de la cour.

Cet homme, taillé en hercule, détestait les Syriens non moins que Jozabad qui le traitait cruellement. Il avait appelé maintes fois l'heure de la vengeance. Aussi, en apprenant les événements de Modim, avait-il ressenti une joie immense : la mort de l'apostat qui, le matin encore l'avait fait battre de verges, l'appel aux armes adressé aux Israélites par un homme tel que Mathathias, la lutte acharnée qu'il provoquait, tout cela comblait les espérances de l'esclave, car il comptait bien s'affranchir promptement de la servitude.

On eût dit qu'il attendait les cavaliers ou connaissait leur mission.

Au moment où Mosa s'apprêtait à frapper à la porte de Jozabad, il crut remarquer une ombre se mouvant sur la droite, laquelle disparut presque aussitôt. Sans chercher quel pouvait être le personnage qui rôdait, à pareille heure, autour de la maison, le jeune homme heurta vivement l'un des battants qui fermaient l'entrée, et une voix demanda de l'intérieur :

— Qui est là ?

— Mosa, d'Esron.

— Que voulez-vous?

— Je désire parler à Helcias; hâte-toi d'ouvrir.

Le portier obéit.

Mosa et son frère étaient accompagnés de douze hommes qui, sur l'ordre de leur chef, se rangèrent dans la cour, sans descendre de cheval.

Les fils d'Abièzer mirent seuls pied à terre, et s'avancèrent sous les portiques. À peine avaient-ils fait quelques pas, qu'un esclave se dressa devant eux, un candélabre à la main, et leur dit:

— Le deuil est dans cette maison, et j'ai défense d'introduire qui que ce soit, excepté les amis du roi Antiochus.

— Il faut cependant que je vois sans retard Helcias, répliqua Mosa à demi voix. Avertis ton maître.

Le serviteur hésita d'abord, puis se décida à faire ce qu'on réclamait de lui.

Mosa et Joakim le suivirent jusqu'à la porte de la salle principale.

Helcias se présenta lui-même au bout de quelques minutes; il portait des vêtements de deuil, la robe déchirée, et des cendres couvraient sa tête, selon l'antique usage des Hébreux. D'un geste, il fit signe aux deux frères d'entrer ; et quand ils furent seuls, jetant sur eux un regard irrité, il s'écria :

— Quel motif vous amène ? aviez-vous donc hâte d'insulter à notre douleur ?

— Helcias, répondit Mosa, oublies-tu, sitôt notre ancienne amitié ?

— Et toi, t'en souvient-il encore ? N'es-tu pas le complice des cruels Asmonéens ?

— Je me range du côté du droit et de la justice, et je déplore l'aveuglement de plusieurs de mes frères.

— Ah ! reprit Helcias avec une exaltation croissante, tu applaudis à la rébellion ; peut-être même quelques gouttes du sang de mon père ont-elles rejailli jusque sur tes mains.

— Je n'étais pas à Modim quand Mathathias a tiré le glaive...

— Pour assassiner le chef de cette maison, interrompit le jeune homme hors de lui.

— Tais-toi, invita Mosa avec un accent de profonde pitié ; ne parle point de l'illustre et vertueux vieillard que Dieu a désigné aujourd'hui pour le chef de son peuple.

— Lui, vertueux ! lui qui foule aux pieds les droits

d'Antiochus, le monarque légitime de la Judée ! Lui qui,
sans mission, sans aucun droit, verse le sang de ses semblables ! Mais, encore une fois, que viens-tu faire ici,
puisque tu approuves le crime ?

— Ecoute-moi tranquillement, dit Mosa avec un certain embarras ; je suis chargé d'une mission pénible auprès de toi et de ta sœur. Judas Machabée m'ordonne de
vous emmener l'un et l'autre à Modim.

— A Modim ! et pourquoi faire ? Le fils de Mathathias
voudrait-il nous égorger sur le cadavre de notre père ?

— Tu méconnais le noble caractère de Judas ; il souhaite comme moi de garantir ta sûreté et celle de Salomith.

— Qui nous menace, sinon ses pareils ? Va, les Syriens
sauront nous protéger ; dans quelques heures ils seront
à Modim pour venger l'attentat commis contre leur autorité.

Mosa allait insister, quand Salomith parut elle-même
dans la salle, vêtue de deuil comme son frère. La jeune
fille, les yeux rougis par les larmes, la désolation peinte
sur le visage, était plus belle que jamais dans son inexprimable douleur. A son aspect, le cœur de Mosa s'at-
tendrit, et les pleurs humectèrent ses paupières. Mais il
avait une âme énergique ; fils d'un martyr de la loi et

d'une mere aussi forte que celle des Machabées, il comprima les sentiments qui l'agitaient pour ne songer qu'à son devoir.

Salomith, adressant à Mosa un regard chargé de reproches, dit à son frère :

— Des hommes armés remplissent la cour de notre demeure : nous sommes prisonniers, une de mes femmes vient de me l'annoncer.

— Prisonniers ! exclama Helcias, ce jour est donc celui de toutes les perfidies ?

Et le jeune homme, blême de fureur, ajouta en reculant vers la porte ouvrant sur les appartements intérieurs :

— Lâches, qui ne craignez point de violer notre domicile, sachez-le, vous ne nous arracherez pas vivants de cette maison.

Mais Joakim, qui n'avait rien dit jusqu'alors, se jeta rapidement entre la porte et le fils de Jozabad, et dit d'une voix ferme :

— Nous devons exécuter les ordres que nous avons reçus. Le temps presse : Helcias, ne nous force point à user de violence.

Joakim achevait ces mots, lorsque la porte donnant

sur le vestibule s'ouvrit, et un homme couvert de poussière, aux traits fatigués, pénétra brusquement dans la
pièce.

— Nathan! s'écria Helcias, défends-moi! Au nom de
mon père dont tu étais l'ami, aide-nous à échapper aux
mains des satellites des Asmonéens!

Mosa s'était retourné. Il sauta sur Nathan avec un rugissement de colère, et saisissant à la gorge celui qu'il regardait comme un espion, il murmura d'une voix étranglée :

— Je te tiens, misérable, et tu vas subir la peine de tes
trahisons.

Mais Nathan, se dégageant de l'étreinte du jeune
homme, s'écria :

— Voici les Syriens.

Et il disparut sans ajouter une explication.

Les deux frères se regardèrent, stupéfaits. Helcias et
Salomith, debout au milieu de la salle, ne songeaient plus
à se soustraire aux envoyés de Judas Machabée. Le fils
de Jozabad, comprenant que les rôles étaient changés désormais, et qu'avec le secours des soldats d'Antiochus il
allait être maître du sort de Mosa et de Joakim, éprouva
un mouvement de joie.

Mais sa sœur, tremblant pour les jours de Mosa, colla
ses lèvres pâles à l'oreille d'Helcias, et lui dit :

— Frère, ne le livre pas à ses ennemis.

Le jeune homme, se souvenant que Salomith avait été presque la fiancée de Mosa, et craignant de causer à sa sœur, qu'il aimait ardemment, un nouveau chagrin, sentit sa fureur s'évanouir subitement.

— Fils d'Abiézer, dit-il, suivez-moi, et je vous déroberai à la colère des Syriens.

— Il ne nous est pas permis d'abandonner nos compagnons, répartit Mosa : nous périrons ou nous nous sauverons avec eux.

Et sans vouloir écouter davantage Helcias et Salomith qui les pressaient d'accéder à leur invitation, les deux frères s'élancèrent hors de la salle et rejoignirent leurs soldats.

A leur grande surprise, ils les trouvèrent massés dans la cour l'épée à la main et pied à terre. Une autre troupe, composée d'une partie des esclaves de Jozabad, armés de haches ou de bâtons, s'était rangée autour d'eux. A la tête de ces derniers, apparaissait le gardien de la barrière de l'avenue, portant une lourde hache dans ses mains robustes.

Mosa et Joakim n'eurent pas le temps de demander d'explications, car on entendait le galop d'une troupe de cavaliers se rapprochant de plus en plus, et qui s'engagèrent bientôt dans l'avenue.

Ils devinèrent facilement néanmoins qu'une influeuce mystérieuse s'était exercée sur les esclaves israélites de Jozabad, et leur avait persuadé de se lever contre les oppresseurs de la Judée, pour reconquérir leur liberté.

L'ombre que Mosa avait vue, à son arrivée, disparaître au coin de la maison, se montra soudain près du gigantesque gardien, à qui elle jeta quelques mots à voix basse, et rentra sous les portiques.

La porte de la cour était ouverte. Le gardien, qui se nommait Aser, se porta en avant, et dit aux cavaliers venus de Modim :

— Suivez moi.

Mosa et Joakim se placèrent à la tête de leurs soldats, et franchirent le seuil de la cour à tout hasard ; hâtant le pas pour rejoindre Aser et l'interroger sur ses desseins.

Mais l'esclave marchait rapidement, résolûment, la hache levée, au-devant des Syriens, sans paraître s'inquiéter de communiquer son plan aux deux frères. Pourtant Mosa parvint à l'approcher, et le saisissant par la tunique, il lui demanda :

— Que prétends-tu faire ?

Au lieu de répondre, Aser s'arrêta tout à coup, et tendit le bras vers la troupe des cavaliers étrangers dont on voyait les armes briller à la lueur des étoiles.

Comme si l'esclave eût été doué d'une puissance surnaturelle, une clameur immense, prolongée, mêlée d'affreux
blasphèmes, répondit à son geste. Un hurlement de joie
s'échappa de sa poitrine athlétique, et il s'écria d'une voix
tonnante :

— Israélites ! Dieu nous livre nos ennemis ; que ce lieu
soit leur tombeau !

Et il bondit comme un tigre, entraînant ses compagnons
et les gens de Mosa.

Les Syriens, hommes et chevaux, tombaient pêle-mêle
les uns sur les autres, les premiers écrasés par ceux qui
venaient après, ils composaient une montagne vivante,
rugissante, du sein de laquelle sortaient des malédictions
épouvantables.

Les Israélites frappaient à coups redoublés dans ce mon-
ceau de corps entassés, piétinant sur leurs ennemis et dans
le sang qui coulait à flots. La hache d'Aser accomplissait
une besogne terrible : chaque fois qu'elle s'abaissait, elle
tranchait une vie humaine, pourfendant les crânes et tail-
lant les membres palpitants.

Les nuages, amoncelés à l'horizon, au commencement
de la nuit, s'étaient dissipés ; et la lune, élevant son dis-
que brillant au-dessus des montagnes, vint éclairer une
scène horrible de carnage. Les Syriens, enlacés dans les

harnais de leurs chevaux, pressés les uns sur les autres, ne pouvaient se défendre, et succombaient au milieu des convulsions de la rage.

Quelques-uns seulement, qui étaient parvenus à se dégager, essayèrent de fuir. Mais toutes les issues étaient gardées ; on les traqua de toutes parts, et il n'en resta pas un seul pour aller annoncer à Jérusalem l'effroyable catastrophe.

Le massacre des soldats d'Antiochus dura deux heures. Quand l'œuvre sanglante fut terminée, trois cents cadavres gisaient, mutilés, dans l'enceinte du domaine de Jozabad.

Pendant que s'accomplissait l'extermination des Syriens, Helcias avait voulu sortir de sa maison pour se rendre compte de ce qui se passait ; mais il en avait trouvé les portes solidement fermées. Il appela ses esclaves, aucun ne se présenta : Aser, avec une promptitude inexplicable, avait fait garrotter tous ceux qui ne s'étaient pas déclarés pour lui, et les avait renfermés dans un souterrain de l'habitation.

Alors, le jeune homme, ne sachant ce qui allait arriver, voulut s'armer pour faire face au péril inconnu qu'il pressentait ; mais toutes les armes avaient disparu. Sa sœur, qui ne l'avait pas quitté un instant, le regardait, muette de terreur. Helcias lui prit les mains, et balbutia avec désespoir :

— Nous sommes trahis, livrés tous les deux !

— Mettons notre confiance en Dieu, dit Salomith d'une voix tremblante.

— Hélas ! reprit le fils de Jozabad en secouant la tête, une redoutable malédiction pèse sur nous !

Le frère et la sœur, épuisés par les émotions de la journée et les angoisses de l'heure présente, se laissèrent tomber à côté l'un de l'autre sur un sofa. Les hurlements des Syriens qu'on immolait pénétraient dans la salle et les faisaient tressaillir ; une incertitude plus affreuse mille fois que la plus terrible réalité torturait leurs âmes.

Le sombre drame qui se jouait dans l'avenue touchait à son terme ; les cris de ceux qu'on tuait devenaient plus rares ; il y avait des intervalles de lugubre silence.

Ce fut alors que trois femmes, attachées au service de Salomith, et qui se tenaient, frissonnantes, dans une pièce voisine, entrèrent dans la salle où étaient le frère et la sœur.

— Maître, dit l'une d'elles en s'adressant à Helcias, Nathan demande à vous parler

— Nathan ! répéta Helcias en se levant macninalement ;
comment s'est-il introduit ici ?

— Je l'ignore.

— Qu'il vienne.

Nathan parut aussitôt ; et, sans laisser au jeune homme
le loisir de l'interroger, il dit :

— Helcias, et vous, Salomith, j'ai réussi à tromper
la vigilance de vos ennemis. Hâtez-vous de fuir ; les
Syriens ont été vaincus, anéantis. Deux litières vous
attendent devant l'atrium et vous transporteront à Jérusalem.

Le fils de Jozabad ordonna aux femmes de sa sœur
d'accompagner leur maîtresse, et prenant Salomith par
la main, il la conduisit dans l'atrium, et de là dans la
cour où les chaises à porteurs se trouvaient effectivement. Huit esclaves étaient là, sortant on ne savait
d'où, et prêts à obéir aux ordres qui leur seraient
donnés.

Helcias et Salomith montèrent dans une des litières ;
les trois femmes de Salomith se placèrent dans l'autre,
et le jeune homme allait donner le signal du départ,
indiquant déjà une porte latérale ouvrant sur un bosquet
de citronniers où il n'y avait pas à craindre de rencontrer les soldats de Mosa, quand il s'aperçut que Nathan
n'était plus là.

Inquiet de la disparition de l'homme sur lequel il comptait, le regardant comme l'ami dévoué de son père, il commanda d'attendre un instant.

Le tumulte de la lutte avait cessé complétement; on n'entendait plus que le râle de quelques mourants, ou les appels des esclaves et des compagnons des fils d'A-biézer. Ne voyant pas revenir Nathan, et craignant de tomber aux mains des envoyés des Asmonéens, Helcias ordonna aux serviteurs qui l'entouraient de fermer les litières et de partir.

Les esclaves obéirent. Mais, au lieu de tourner vers la porte ouvrant sur le bois de citronniers, ils s'avancèrent rapidement du côté de l'avenue. En vain Helcias leur cria de changer de direction, ils poursuivirent leur route sans répondre. Bientôt le fils de Jozabad s'aperçut que des cavaliers l'entouraient, à la tête desquels il reconnut Mosa et Joakim.

— C'en est fait de notre maison, murmura-t-il avec découragement : nous sommes frappés par la main d'un Dieu vengeur, qui châtie dans les enfants les iniquités des pères.

Salomith pleurait en silence, s'abandonnant à sa destinée. Cependant elle ne pouvait croire que Mosa, dont elle avait tant de fois admiré le caractère généreux, voulût

livrer son frère et elle à des mains impitoyables. Elle connaissait peu les Asmonéens ; toutefois elle avait entendu
vanter la noblesse de leurs âmes et les actions héroïques
de Judas ; il lui semblait impossible qu'ils eussent résolu de frapper des êtres faibles et désarmés, coupables seulement d'avoir respecté leur père jusqu'à sacrifier pour lui leurs affections les plus légitimes.

Les esclaves qui portaient les litières marchaient d'un
pas rapide, et les cavaliers qui les escortaient les pressaient encore d'accélérer leur course. En une demi-
heure, la petite troupe atteignit les faubourgs de Modim.

Mosa et Joakim avaient laissé à Boarith les serviteurs
de Jozabad, qui les avaient si bien secondés contre les
Syriens, et avec ordre de surveiller la route de Jérusalem,
et d'attaquer au besoin les soldats étrangers qui se rendraient à la ville des Machabées, afin de retarder leur
marche, et de permettre à la garnison de Modim de
s'établir solidement dans les postes qui lui étaient assignés.

Aser, leur chef, avait promis de remplir cette mission importante, et les fils d'Abiézer, qui l'avaient vu à
l'œuvre, ne doutaient pas qu'il ne dût s'en acquitter parfaitement.

Mosa venait de s'approcher des sentinelles placées à la

porte de Modim, quand il aperçut un personnage suspect se glissant le long du mur ; il sauta vivement à bas de son cheval, et saisit l'inconnu par le manteau dont il cherchait à masquer son visage.

C'était Nathan.

— Scélérat, fit le jeune homme, tu as donc le secret de te rencontrer partout sur mon passage pour me braver ? Cette fois tu ne m'échapperas pas.

Nathan s'efforça de se tirer des mains de Mosa, mais une des sentinelles vint en aide au fils d'Abiézer. Joakim s'approcha de son frère, l'espion fut garrotté en un clin d'œil, malgré son énergique résistance, et il lui fallut marcher au milieu de la petite troupe, qui le conduisit, en l'accablant d'injures, à la demeure des Asmonéens.

Là, on le jeta dans un étroit cachot, qui ne recevait d'air que par un soupirail armé de barreaux de fer, et on l'enchaîna comme une bête fauve.

Les préparatifs du départ étaient terminés. Mosa et Joakim rendirent compte à Judas de leur expédition, et racontèrent comment ils avaient tué trois cents Syriens qui se portaient sur la ville.

Le fils aîné de Mathathias ordonna de renfermer Helcias et sa sœur dans l'appartement le plus commode de la tour, et dit à Mosa :

— Hormis la liberté, tu peux leur accorder tout ce

qu'ils désireront. D'ailleurs, cette recommandation est superflue pour toi, car je sais quels sentiments te lient à Salomith.

Mosa rougit, et se hâta de changer de sujet, en rapportant à Judas l'étrange conduite de Nathan, et la capture qu'il avait faite de cet homme en arrivant à Modim.

Machabée l'écouta attentivement, et ne put réprimer un mouvement de contrariété à ce récit.

— Peut-être, fit-il, ce singulier personnage a-t-il de meilleures intentions qu'on ne le pense.

— Ses actes prouvent qu'il est contre nous. Crois-tu qu'on puisse le tenir pour autre chose que pour un espion ?

— Non, certainement. Mais il est temps que nous nous éloignions. N'oublie pas mes instructions, et sois sûr que bientôt nous reparaîtrons en cette ville.

Judas s'éloigna à ces mots. Quelques instants après, il rejoignit Mosa et lui dit :

— Sois sans inquiétude sur ta famille : de près comme de loin, je veillerai sur Esron... sur ta mère... sur Hannah. J'ai des moyens connus de moi seul d'être ponctuellement renseigné sur les dangers que pourraient courir ces deux vertueuses femmes.

Après ces promesses, dont Mosa ne pouvait saisir tout

le sens, Judas congédia le jeune homme. Deux heures plus tard, Mathathias, ses fils et leurs adhérents, excepté ceux qui étaient désignés pour occuper la tour, sortaient de Modim et gagnaient les montagnes.

VI

LE NÈGRE

Pendant la grande journée dont nous venons de retracer les principaux événements, Nathan avait déployé une activité prodigieuse tout en s'enveloppant d'un profond mystère. Pourtant depuis le matin jusqu'à l'heure où il se dérobait brusquement à l'attention de Mosa et de Joakim, aux portes de Modim, ses démarches avaient été épiées. Il existait un personnage qui l'avait suivi comme son ombre, sans le perdre en quelque sorte de vue un seul instant.

Le nègre de la pythonisse, Méroé, s'était glissé dans la ville avant le lever du soleil; il se tenait embusqué dans un coin de la place, comme une bête fauve guettant sa proie. Son regard ardent doué d'une acuité extraordinaire, ne laissait rien échapper et fouillait jusque dans les groupes les plus compactes. Quand Nathan parut, malgré les précautions que prenait l'Israélite pour n'être point trop en évidence, le nègre le reconnut aussitôt; ses yeux se fermèrent à demi par un clignement qui exprimait à la fois une satisfaction intime et une haine implacable. Puis Méroé rampa vers Nathan, afin qu'aucun de ses mouvements ne lui échappât.

Nathan, qui avait passé plusieurs années dans la maison d'Abiézer plutôt comme protégé que comme serviteur, l'avait abandonnée, nous l'avons dit, dès les premières persécutions. En s'établissant avec sa famille dans le pays de Samarie, il avait même changé de nom et adopté celui d'Abiram. Maacha, la pythonisse, ne lui en savait pas d'autre.

Mais, pour des motifs qu'expliquera la suite de ce récit, il avait, depuis quelques années, renoncé à cette seconde appellation pour reprendre la première.

Lorsque Nathan quitta précipitamment la place publique de Modim pour courir à Esron, Méroé s'élança sur ses traces, et arriva, quelques minutes seulement après l'Israélite, à la maison de Mosa.

Au lieu de franchir le seuil de la porte, il se jeta dans un bosquet de lentisques, et attendit, replié sur lui-même, prêtant l'oreille aux bruits d'alentour, et surveillant la sortie de l'habitation. Le nègre avait l'ouïe si fine, qu'il entendit le piétinement des chevaux destinés à Mosa et à Nathan. Devinant avec l'instinct du sauvage, qu'une excursion se préparait, il se tint prêt à partir.

En effet, bientôt deux cavaliers galopèrent dans l'avenue. Méroé, dont l'agilité était surprenante, se précipita à leur suite, pieds nus, les reins seulement enveloppés d'un pagne. Il semblait effleurer à peine la terre, tant sa course était légère, et il atteignit presque en même temps que Mosa et Nathan l'endroit où ils rencontrèrent Joakim.

Le nègre se jeta vivement sur le côté de la route, et se cacha dans les buissons qui la bordaient. Au moment où les trois cavaliers s'arrêtaient, il se trouvait à portée d'entendre parfaitement leur conversation. Malgré l'épaisseur de son intelligence, il comprit à peu près le rôle équivoque joué par Nathan, hier espion des Syriens, aujourd'hui penchant pour les Asmonéens et leurs amis. Complétement identifié avec sa hideuse maîtresse, la pythonisse, Maacha, animé comme elle d'une haine implacable envers l'homme qui l'avait réduite à l'horrible état où elle se trouvait, il brûlait d'exercer sur lui sa vengeance.

Mais ne se sentant pas de force à s'attaquer directement a un pareil adversaire, et d'ailleurs sa maîtresse lui ayant tracé une autre ligne de conduite, il cheminait dans l'ombre à son but, tenant par-dessus tout à se dérober aux regards de Nathan.

Maacha lui avait dit en l'envoyant à Modim :

— Il faut que tu retrouves l'homme qui t'a frappé hier et qui a failli me tuer. Quand tu l'auras revu, suis-le pas à pas, sans qu'il puisse t'apercevoir, et sache s'il a des rapports avec les Juifs. Dès que tu seras renseigné à cet égard, reviens auprès de moi, et je te donnerai, s'il y a lieu, de nouvelles instructions.

Le nègre partit en promettant de remplir fidèlement sa mission.

Après la rencontre des deux frères, au pied de la montagne de Modim, il continua de suivre Nathan à la course. Un instant déconcerté quand ce dernier se jeta dans le bois, il l'imita bientôt, et ne tarda pas à le voir qui retournait sur ses pas, dans la direction d'Esron.

Méroé pénétra de nouveau avec Nathan dans le domaine des fils d'Abiézer, et essaya même, à la faveur des om-

bres qui commençaient à descendre, de s'introduire dans
la maison ; mais le vieil intendant se montra tout à coup,
et le nègre se réfugia dans un bosquet voisin de la
porte.

Il était difficile de mettre en défaut la vigilance de
Sellum ; l'âge n'avait affaibli aucune de ses facultés,
aucun de ses organes, et son regard était aussi perçant
qu'aux jours de sa jeunesse. Quoique Méroé se fût promptement esquivé, il n'avait point échappé à l'attention du
vieillard.

Quand Nathan, sur sa demande, eut été introduit dans
l'appartement de Judith, pour faire à la matrone, avait-
il déclaré, une communication importante, Sellum se
rapprocha sans affectation du bosquet où le nègre s'était
blotti.

Ce fut là que Nathan le rejoignit au bout de quelques
instants, conduisant son cheval par la bride.

— Sellum, dit l'étrange personnage, il vous faudra
redoubler d'activité et surveiller sévèrement les abords
de cette demeure, car vous aurez des jours difficiles à
traverser.

L'intendant posa un doigt sur ses lèvres et fit signe à Nathan de s'éloigner avec lui. A quelques pas de là, Sellum
s'arrêta et dit à son interlocuteur :

— Parlons bas ; il y a des espions non loin d'ici.

— Comment le savez-vous ?

— Un nègre s'est glissé tout à l'heure dans ces buissons de nopals.

— Le connaissez-vous ?

— Non.

— Pourriez vous me décrire sa personne ?

— Je ne l'ai qu'entrevu ; mais il m'a semblé de petite taille et d'une difformité peu commune.

Nathan réfléchit quelques minutes ; puis, reprenant la parole, il murmura :

— Je me charge de lui. Pour vous, Sellum, n'oubliez pas mes recommandations. Mosa et Joakim, je viens d'en informer Judith, ne rentreront pas cette nuit à Esron ; leur présence est indispensable à Modim, où les Asmonéens ont proclamé la guerre contre le roi de Syrie. Que votre maîtresse reste ici en paix : une protection puissante ne permettra pas qu'on l'inquiète.

L'intendant voulut adresser des questions à Nathan, mais ce dernier l'interrompit :

— Le temps presse, fit-il ; je dois repartir en toute hâte. Vous me laissez ce cheval qui appartient à vos écuries ?

— Certainement, répondit le vieillard, seulement sois prudent.

— C'est mon métier, dit Nathan avec un sourire amer.

Et, sautant en selle, il salua de la main Sellum, et s'éloigna au petit pas. Il longea le bosquet que l'intendant lui avait désigné comme le refuge du nègre, et il y entra brusquement par l'étroit sentier qui le traversait.

Méroé était encore là, l'oreille tendue et recueillant avidement tous les sons et les bruits venant de la maison des fils d'Abiézer. Le mouvement de Nathan fut si soudain, que l'espion de Maacha n'eut pas le temps de se ranger. Accroupi au milieu de la route, il se redressa vivement pour ne point être écrasé, et le cheval se cabra devant ce noir fantôme.

Mais Nathan avait reconnu le hideux compagnon de la pythonisse. Il sauta promptement à terre, saisit le nègre par sa chevelure laineuse, et le jeta rudement contre le tronc d'un citronnier où il le maintint,

— Qui t'a envoyé ici, misérable? demanda-t-il d'une voix contenue.

Méroé ne répondit pas ; mais de sa main droite restée libre il chercha le poignard fixé dans la corde qui retenait son pagne.

Nathan, que la colère dominait, ne s'aperçut pas de ce mouvement et renouvela sa question en secouant rudement le nègre.

Méroé, qui avait réussi à saisir son arme, garda encore le silence, s'apprêtant à frapper son ennemi. Nathan, cette fois, surprit la tentative du nègre et put arrêter le coup. Il s'empara du poignard, le même que, la veille, en se retirant avec Jozabad, il avait abandonné dans l'antre de la pythonisse.

— Monstre, fit-il, je te rencontrerai donc toujours sur mon chemin !

Et en achevant ces paroles, il plongea l'arme dans la poitrine de Méroé, qui tomba avec un cri de douleur.

Nathan remonta sur-le-champ à cheval, et s'éloigna au galop. Arrivé à l'extrémité de l'avenue, au lieu de prendre la route de Modim, il enfila celle de Boarith.

Cependant le nègre, dont le sang coulait abondamment, n'avait pas perdu connaissance; il arracha un lambeau de son pagne, avec lequel il tamponna sa blessure, et se traîna hors du bosquet, en poussant des gémissements que lui arrachait la souffrance.

Plusieurs serviteurs de Judith l'entendirent et se hâtèrent d'accourir à son secours. Ils le levèrent et le transportèreut à la maison. Sellum, rentré aussitôt après le départ de Nathan, n'avait pas entendu le cri de Méroé. A la vue du nègre blessé, inondé de sang, il comprit qu'un drame rapide, terrible, s'était passé dans le bosquet, entre Nathan et le nègre. Il ne manifesta aucun étonnement, mais il se tut. Le vieil intendant, que ses maîtres eux-mêmes respectaient comme un homme de prudence consommée, ne révélait pas toujours facilement sa pensée intime. Initié par une longue expérience aux choses de la vie, au jeu des passions humaines; habile à saisir les mobiles et les ressorts de certains actes inexplicables pour le vulgaire, il ne parlait et ne se prononçait jamais qu'à bon escient.

A la nouvelle qu'un homme blessé venait d'être apporté dans sa maison, Judith et sa fille s'empressèrent de venir dans la salle où Méroé gisait sur un lit improvisé. Le visage des deux femmes exprimait les soucis, les anxiétés qui agitaient leurs âmes. Malgré la visite de Nathan et les explications qu'il leur avait données au sujet de Mosa et de Joakim, elles s'effrayaient des dangers que pouvaient courir les deux jeunes hommes bien plus que de ceux qui les menaçaient elles-mêmes.

Néanmoins, en présence du malheureux qui se tordait sous les étreintes de la douleur, elles imposèrent si-

lence à leurs angoisses pour s'occuper de soulager un de
leurs semblables.

Judith s'approcha de Méroé, et sans témoigner aucun
dégoût à l'aspect de cet être disgracié par la nature, elle
lui prit la main, s'informant doucement de son état.

Le nègre, accoutumé à un autre langage, regarda un
instant la matrone d'un œil hagard, puis ses lèvres remuè-
rent comme s'il voulait parler. Judith le pressa de raconter comment il avait été blessé, pendant qu'un des serviteurs bandait la plaie béante.

Le sang avait cessé de couler, Méroé parut recouvrer
de la force ; il tourna de nouveau vers Judith ses noires
prunelles chargées d'une expression singulière, et un son
rauque s'échappa de ses lèvres, formulant à demi une
phrase mêlée de mots grecs et syriaques. La matrone l'engagea avec bonté à s'expliquer tranquillement, et lui demanda qui l'avait frappé.

Méroé prononça le nom de Nathan.

Judith, surprise, regarda Sellum debout auprès d'une
fenêtre. L'intendant feignit de ne pas remarquer cette
muette interrogation. Le nègre, dont les souffrances se
calmaient graduellement, maintenant que le premier appareil était posé sur sa plaie, sembla recueillir ses forces
et ajouta :

— L'homme qui m'a percé de son poignard est un espion des Syriens.

Sellum leva la tête; pourtant il s'abstint de toute réflexion, et Méroé continua :

— Il était avec vos fils, tout à l'heure, sur la route de Modim. Soudain, il s'est éloigné d'eux sans les prévenir, et il est revenu ici. Je l'ai suivi afin de l'observer et de vous informer de ses manœuvres suspectes.

— Tu te trompes, fit Judith, Nathan est notre ami, et nous n'avons rien à craindre de lui.

— Alors pourquoi m'a-t-il frappé? gronda le nègre.

Et il tomba dans une sorte d'assoupissement. La matrone, après avoir recommandé qu'on eût le plus grand soin de ce malheureux, emmena l'intendant et s'entretint longtemps avec lui. Sellum, chaque fois qu'il s'agissait de Nathan, se renfermait dans une profonde réserve, qui finit par préoccuper Judith, si bien qu'elle lui dit à la fin :

— Sérieusement, que penses-tu de cet homme?

— Sellum secoua la tête et répliqua:

— Il est difficile de se rendre compte du rôle qu'il joue en ce moment. Autrefois c'était une nature honnête, et il était fidèle à notre culte national.

— Et aujourd'hui ?

— Les événements sont graves, les circonstances critiques : il faut craindre de mal juger, même le plus humble de nos frères.

Judith, voyant qu'elle ne pouvait rien tirer de plus de son intendant, cessa d'insister. Elle avait en lui une confiance absolue, et elle pensa que, par scrupule de conscience, il ne voulait pas condamner sans avoir des preuves positives de culpabilité.

Le lendemain, un émissaire venu de Modim se présenta chez la veuve d'Abiézer ; il lui raconta les événements de la nuit, la capture d'Helcias et de Salomith, et aussi celle de Nathan, pris en flagrant délit d'espionnage. Il lui recommanda de ne point s'alarmer, l'assurant que ses fils veillaient sur elle et possédaient de sûrs moyens de communiquer avec Esron lors même que les Syriens les bloqueraient dans la demeure fortifiée des Machabées.

— Mais eux que deviendront-ils, s'écria la pieuse mère, si les soldats du roi Antiochus les viennent attaquer, comme cela n'est que trop certain ?

— Ils sont en mesure de résister quelque temps, jusqu'à ce qu'ils soient secourus par les Asmonéens.

— Hélas ! les reverrai-je jamais ? Que je crains pour eux le sort de leur père !

— Dieu secourra les siens, répliqua l'émissaire.

— Ah ! je n'ai d'espoir qu'en lui, dit la matrone en levant vers le ciel ses yeux pleins de larmes.

Ensuite, puisant une force héroïque dans ses sentiments religieux, elle ajouta :

Néanmoins, dis-leur en mon nom de remplir fidèlement leur devoir. Qu'ils meurent, s'il le faut, au poste où les Asmonéens les ont placés.

— L'émissaire, ayant pris congé de la veuve d'Abiézer, retourna en toute hâte à Modim.

Il venait seulement de partir, quand un inconnu pénétra à son tour chez Judith, remit une lettre à Sellum, et s'éloigna aussitôt du côté des montagnes,

La missive était adressée à Judith, qu'elle engageait à se reposer complétement sur Nathan du soin de pourvoir à sa sécurité et à celle de sa fille. La lettre ne portait aucune signature.

— En vérité, dit la matrone après un moment de réflexion, en vérité, je n'y comprends rien : si j'en crois le message de mes fils, qui mieux que personne doivent être bien informés, Nathan est un espion des Syriens, un homme de la plus dangereuse espèce ; tandis que, selon ce billet venu je ne sais d'où, il faut que je m'en rapporte à lui. Ce qui ressort pour moi de plus évident de tout ceci, c'est

que nous sommes entourés d'intrigues, et que ma maison
est le point de mire des ennemis d'Israël.

Sellum se tut, et son visage serein ne trahit point sa
pensée intime.

Quoiqu'il en soit, ajouta Judith, l'avis qui vient de
m'être transmis est superflu, puisque Nathan est prisonnier.

A peine la matrone avait-elle émis cette remarque, qu'un
homme se glissa dans la salle ; elle reconnut Nathan et
tressaillit de stupeur.

—Toi ici! balbutia-t-elle sans chercher à cacher son
trouble ; je te croyais à Modim...

— Emprisonné dans la tour de la demeure des Asmonéens, n'est-il pas vrai? interrompit l'étrange personnage
avec un sourire indéfinissable.

Et voyant que Judith le regardait d'un air effaré, il poursuivit :

— Vous avez des protecteurs puissants, veuve d'Abiézer, mais Nathan n'est pas dénué non plus de toute sympathie : une volonté à qui rien ne résiste n'a pas souffert
qu'il se consumât, inutile, au fond d'un cachot.

—Les Syriens t'ont délivré? ils ont attaqué la maison
des Machabées? s'écria la matrone avec effroi.

— Non, ce n'est point avec leurs secours que j'ai été élargi. Cependant les soldats d'Antiochus entrent dans la ville, assez nombreux ; ils feront probablement des excursions dans la campagne , et c'est pour cela que je suis venu. S'ils envahissaient votre maison, et qu'ils voulussent y exercer quelque violence, ordonnez, si c'est en plein jour, qu'on hisse sur la terrasse un étendard rouge, et si c'est la nuit, qu'on allume un fanal ; à ce signal, des défenseurs vous arriveront promptement. Je n'ai pas autre chose à vous dire.

Nathan, sans vouloir répondre aux questions que Judith lui adressait, se hâta de sortir, alléguant que tous ses moments étaient comptés, et que d'autres missions de souveraine importance l'appelaient ailleurs.

Quand il fut parti, Judith, qui, moins que jamais pouvait s'expliquer ces visites répétées et ces communications contradictoires, demanda à Sellum quel compte il croyait qu'on dût tenir des avis de Nathan.

— Il faut les suivre ponctuellement.

— Mais c'est un traître.

— Qu'importe ? Il se souvient évidemment des bienfaits qu'il a reçu d'Abiézer, son cœur renferme encore quelques bons sentiments, et il désire vous préserver de toute insulte.

— Puisse-t-il en être ainsi ! soupira la matrone avec l'accent du doute et de la tristesse.

Toutefois, le calme du vieil intendant lui inspira quelque confiance, et elle lui prescrivit de se conformer aux recommandations de Nathan, au cas où les Syriens s'approcheraient d'Esron.

VII

POURPARLERS

Au sortir de la maison de Judith, Nathan s'arrêta un instant, comme incertain de la route qu'il devait prendre. Il avait tourné d'abord la tête de son cheval du côté des montagnes; mais, se ravisant bientôt, il s'élança sur la voie menant à Modim. Le soleil montait rapidement dans un ciel sans nuages, dardant ses rayons enflammés sur la campagne. Le cheval de l'Israélite soulevait des flots de poussière dans sa course effrénée.

Cependant aux approches de la ville, Nathan modéra

l'allure de son coursier et gagna, à travers champs, la route de Jérusalem. Au moment où il l'atteignait, une troupe de cavaliers, venant de la ville sainte, parut subitement. Leur chef ayant remarqué l'Israélite, lui ordonna d'approcher, et suspendit sa marche pour l'attendre. Nathan obéit sans difficulté. C'étaient des soldats syriens. Néanmoins il s'avança avec aisance, comme s'il les eût connus depuis longtemps, et salua l'officier qui l'avait appelé.

— Tu es Israélite? lui demanda ce dernier avec une expression de sombre colère dans le regard.

— Oui, seigneur, répondit Nathan.

En même temps il fit un signe de la main gauche, qui eut la puissance d'adoucir immédiatement le Syrien.

— Peux-tu me renseigner sur ce qui s'est passé cette nuit à Boarith, chez le malheureux Jozabad?

— Parfaitement : j'ai obtenu de sûres informations.

Nathan raconta le combat sanglant dans lequel trois cents soldats d'Antiochus avaient péri.

Le chef avait écouté cette relation avec une indignation dont il parvenait à peine à comprimer les transports. Quand Nathan eut achevé :

— Me connais-tu? interrogea-t-il en fixant sur l'Israélite son œil perçant et astucieux.

— Vous êtes Nicanor, un des amis les plus chers au roi Antiochus.

— M'as-tu donc déjà vu ? fit l'officier étonné.

— Certainement, seigneur, à Antioche, à Séleucie l'année dernière, et plus récemment à Jérusalem. Mais mon métier est de regarder sans me produire.

— En effet. Et, puisque tu examines si bien, tu dois savoir ce que sont devenus les rebelles qui ont égorgé mes soldats.

— Vous les trouverez à Modim.

— Très bien. Alors nous avons chance de les surprendre?

— Je n'en suis pas bien sûr.

— Sont-ils donc si nombreux ?

— Je ne sais : mais tout dépend de la force de la position qu'ils occupent. Leur projet était de se retrancher dans la maison des Asmonéens, et de s'y maintenir jusqu'à ce qu'ils fussent secourus.

— Sur qui comptent-ils donc ? s'enquit Nicanor étonné.

— Sur les Asmonéens qui ont gagné les montagnes avec la plupart des hommes valides de Modim.

A cette révélation, un éclair de haine jaillit des prunelles du Syrien, et il s'écria avec l'accent d'une cruelle satisfaction :

— Les familles des fugitifs paieront pour cette criminelle révolte.

— Ici encore, seigneur, déclara Nathan, j'ai regret à vous le dire, les chefs du mouvement ont pris certaines précautions qui vous causeront de l'embarras ; ils ont fait enlever et enfermer dans la demeure de Mathathias plusieurs familles syriennes et israélites dévouées au roi ; le fils et la fille de Jozabad sont parmi les otages.

Une vive expression de contrariété se peignit sur les traits mobiles de Nicanor. Il se souvint en ce moment que sa fille Stratonice, qu'il aimait plus que ses autres enfants et à qui il ne savait rien refuser, lui avait recommandé instamment de protéger la maison de Jozabad. Stratonice avait vu plusieurs fois Helcias, et son cœur s'était épris pour le jeune Hébreu d'un amour romanesque. Malgré son éducation toute païenne et le luxe inouï au milieu duquel on l'avait élevée, ou peut-être à cause de cela même, la noble Syrienne avait remarqué le frère de Salomith ; son air rêveur, le timbre mélancolique de sa voix, l'harmonie des lignes de son visage, sa tournure élégante l'avaient frappée. Sous l'influence de la vive impression qu'elle ressentait, Stratonice ne cessait de penser à Helcias, et elle avait fait entendre à son père qu'elle ne le haïssait pas.

Bien que Nicanor éprouvât peu de sympathie même pour les Israélites amis de la domination syrienne, il s'était abstenu de contrister sa fille en combattant ses inclinations. D'ailleurs, dans les circonstances actuelles, il comprenait que ce serait plaire à Antiochus que contracter alliance avec une famille opulente et dévouée comme celle de Jozabad.

Voilà pourquoi les dernières paroles de Nathan avaient assombri son front de nouveau. À force de flatteries et de basses complaisances, Nicanor s'était emparé de l'esprit d'Antiochus; le premier, il avait donné le nom d'Épiphane *(illustre)* à ce fou couronné, qui passait sa vie dans la débauche et se déshonorait par des fêtes insensées. Profondément habile dans l'art des courtisans, d'un esprit infiniment délié, il avait la parole facile et se jouait au milieu des intrigues.

Ce personnage puissant et redouté alliait, par un étrange contraste, l'amour désordonné du plaisir à une activité singulière : nul ne se livrait avec plus d'abandon aux orgies organisées par Antiochus, nul aussi ne se montrait plus ardent aux œuvres de la vengeance. Sur son front dépouillé avant le temps, on lisait le double caractère du sensualisme effréné et de l'audace sans mesure.

Nicanor avait à peine quarante ans.

— Il faut que je délivre Helcias à tout prix, déclara-t-il en s'adressant à Nathan. Toi, qui connais si bien l'état des choses, et probablement aussi celui des lieux, tu nous suivras afin de nous fournir les indications nécessaires pour pénétrer dans la maison des Asmonéens.

Et sans attendre la réponse de Nathan, il donna à ses cavaliers le signal de continuer la route.

Nathan ne se fit pas répéter l'ordre de se joindre à la troupe de Nicanor, et il se mêla aux soldats syriens, marchant à côté du chef, qui, tout en galopant, l'interrogeait de temps à autre.

— Trouverons-nous de la résistance en arrivant à Modim ? demanda-t-il.

— Je ne crois pas : les Israélites capables de combattre sont trop peu nombreux maintenant que les Asmonéens ont quitté la ville, et la prudence leur conseille de ne point s'aventurer hors de l'édifice qu'ils occupent.

En effet, Nicanor et ses soldats franchirent sans obstacle la porte de Modim, traversèrent les rues silencieuses au grand trot, et occupèrent le palais du gouverneur sans avoir rencontré un seul homme en armes. La plupart des habitants s'étaient renfermés dans leurs demeures ; et ceux-là qui tenaient pour les Syriens, ne se montrèrent que quand ils furent certains d'être protégés efficacement contre la colère des Israélites fidèles à la loi.

La sentinelle qui veillait au sommet de la tour de la maison des Asmonéens avait signalé l'approche des Syriens; et au moment où les soldats d'Antiochus pénétrèrent dans Modim, elle reconnut Nathan à côté de leur chef. Mosa, informé sur-le-champ de cette particularité, s'écria d'abord que c'était impossible, que l'espion avait été renfermé en lieu sûr. Mais l'homme chargé de la prison ayant été appelé, déclara que le matin seulement il s'était aperçu de la disparition de Nathan. La porte du cachot avait été ouverte et non forcée, ce qu'il ne savait comment expliquer.

— Il y a donc des traîtres parmi nous? fit Mosa avec indignation.

— Je l'ignore; quant à moi, je puis prouver que les ordres de votre frère Joakim m'ont tenu éloigné jusqu'au jour de la prison commise à ma garde : j'ai dû, comme tout le monde ici, travailler à l'achèvement des préparatifs de défense.

— Cet homme dit vrai, affirma Joakim, qui venait de rejoindre son frère.

— Cependant il faut bien que quelqu'un l'ait délivré, ajouta le jeune chef en jetant un regard défiant autour de lui : les portes du cachot ne s'ouvrent pas d'elles-mêmes.

— L'espion est habile murmura Joakim ; soyons sur nos gardes relativement à cet homme.

— Si nous réussissons une seconde fois à nous emparer de lui, dit Mosa, nous ferons bien de le tuer immédiatement.

Cependant Nicanor ne perdait pas son temps. Il détacha une partie de ses soldats qu'il envoya occuper les postes principaux de Modim, et prescrivit à une compagnie d'archers de pousser une reconnaissance hors de la ville, sur la route même que les Asmonéens avaient suivie pour gagner les montagnes.

Pour lui, il s'établit au palais, où il retint Nathan que le signe formé par l'Israélite lui avait fait regarder comme l'un des espions les plus sagaces des Syriens.

Vers la fin du jour, il se rendit avec une escorte dans la rue que commandait la maison de Mathathias, pour examiner la force de cette position. Les portes étaient solidement fermées, et des Israélites se montraient sur les terrasses et aux différents étages de la tour, prêts à repousser toute attaque.

Nicanor retourna pensif au palais. Au moment où il y rentrait, une femme voilée l'arrêta et lui dit avec un accent qui le fit reculer d'un pas :

— Prends garde ! tu mènes des traîtres avec toi.

— Qui es-tu ? interrogea l'officier d'Antiochus.

— La pythonisse de la forêt.

A ce nom, une terreur superstitieuse se révéla sur les traits de Nicanor ; il avait plusieurs fois entendu parler de cette femme redoutée des païens, et il tremblait devant le pouvoir surnaturel qu'ils lui attribuaient. Comme la plupart des puissants de ce siècle, tout en se moquant de la vertu, il éprouvait une folle terreur en présence des organes accrédités des idoles.

Nathan chercha à s'esquiver. Mais Maacha, le saisissant par sa tunique, s'écria :

— Nicanor, cet homme te trompe.

— Quoi ! n'est-il pas des nôtres ?

— Il te trompe, te dis-je. Il y a deux jours, le misérable a violé ma retraite, profané les mystères que j'accomplissais, et poussé son audace sacrilége jusqu'à menacer ma vie.

— Tison d'enfer ! balbutia l'Israélite dont la figure exprimait le dégoût et la haine, n'es-tu donc venue ici que pour m'insulter ?

— Je suis venue pour réclamer le châtiment que tu mérites, répliqua la pythonisse.

— Il faut bien que tu sois coupable, puisqu'elle t'accuse déclara Nicanor.

— Il l'est plus que tu ne penses, ajouta la sorcière.

Hâte-toi de le faire arrêter et punir, si tu tiens à réussir dans ton entreprise ; sinon crains la vengeance des dieux, et celle du roi, qui n'a jamais manqué de prêter l'oreille à mes requêtes.

Le fier Nicanor, à moitié convaincu, céda aux exigences de Maacha. Se tournant vers les soldats qui l'accompagnaient, il leur prescrivit de conduire Nathan à la prison.

Mais la pythonisse n'était pas satisfaite.

— Chef, reprit-elle, la prudence veut qu'on coupe le mal à sa racine.

— Que veux-tu dire ?

— Les morts seuls n'ont plus le pouvoir de nuire aux vivants. L'existence du traître que tu viens d'envoyer en prison sera une menace perpétuelle pour le succès de tes plans. Me comprends-tu ?

— Parfaitement. Mais il ne m'est pas permis de toucher à la vie d'un espion de certaine classe sans l'assentiment du roi.

— Je le regrette. Alors, hâte-toi d'informer Antiochus et de réclamer le châtiment du coupable.

— Je le ferai.

Maacha, se contentant pour le moment de ce qu'elle avait obtenu, ajouta néanmoins qu'elle se tiendrait au courant de ce qui concernait Nathan. Et elle se retira sans un mot de plus.

Nicanor rentra pensif au palais. Il craignait que d'autres Israélites, jouant le rôle de Nathan, ne pénétrassent jusque dans ses conseils. Il savait que le mécontentement et la haine pour l'étranger étaient généraux dans la Judée, de sorte qu'il se défiait maintenant même des hommes du pays réputés comme les plus dévoués à la domination syrienne.

Sa situation dans Modim lui paraissait des plus difficiles. Les Asmonéens, il le comprenait, avaient de grandes chances de rallier autour d'eux beaucoup de soldats décidés à tout risquer pour affranchir la nation. Dans les villes, il y avait un parti flottant, et sans doute des Israélites épiaient tous les mouvements des Syriens afin de les neutraliser à l'occasion. Ces réflexions lui imposaient une réserve extrême, et il résolut de temporiser pour ne rien compromettre.

Le lendemain du jour où il était arrivé à Modim, Nicanor expédia deux courriers, l'un au roi Antiochus qui était en ce moment à Antioche, la capitale de son royaume, pour lui annoncer la révolte des Juifs, et l'autre à Jérusalem, pour recommander la plus grande vigilance et réclamer quelques centaines de soldats de renfort.

Mosa, sentant tout le poids de la responsabilité qui pesait sur lui, et inquiet de l'évasion de Nathan, surveillait de son côté avec une attention infatigable les mouvements de l'ennemi. Quoique si jeune, il déployait une prudence consommée jointe à une activité incomparable. Son frère, avec l'impétuosité d'un caractère ardent et intrépide, le pressait de faire une sortie pour chasser les Syriens de la ville; mais Mosa résista, se renfermant scrupuleusement dans les instructions précises qu'il avait reçues de Judas Machabée.

Le fils aîné de Mathathias lui avait ordonné de se tenir rigoureusement sur la défensive, et de ne point franchir l'enceinte de la maison, lors même que l'occasion la plus favorable se présenterait de combattre les Syriens. Il avait insisté sur ce point : qu'il fallait établir une sévère discipline parmi les hommes armés pour l'indépendance, et que les chefs devaient donner l'exemple.

Mosa, dont l'intelligence était à la hauteur du courage, était résolu d'obéir aveuglément. D'ailleurs, il professait pour Judas une admiration aussi grande que son amitié ; et celle-ci était sans borne.

De plus, Mathathias avait décidé que tout Israélite faisant cause commune avec l'ennemi, périrait comme traître envers Dieu et la nation. Sur ce point encore, Mosa n'était pas homme à désobéir.

La mort de Jozabad l'avait profondément désolé à cause
de Salomith dont la douce image était sans cesse présente
à sa pensée ; pourtant il regardait comme juste le châtiment terrible infligé à l'Israélite prévaricateur. Il espérait
que, n'ayant point trempé ses mains dans le sang du père,
et s'étant abstenu de prendre part à ce prélude sanglant
de la guerre, la fille du mort lui garderait ses sentiments
d'autrefois.

Affligé d'abord de la mission pénible qu'on lui avait
confiée de s'emparer de la famille de Jozabad, il avait fini
par s'en féliciter en songeant que, s'il fût resté libre, Helcias eût peut-être pris les armes pour les Syriens, et pour
venger son père tombé sous le glaive du chef des Asmonéens. Il ne pouvait penser sans frémir que, dans ce cas,
il eût été exposé à rencontrer, les armes à la main, le frère
de Salomith ; ou bien encore à le voir pris dans une bataille et condamné à périr, car Mathathias, il ne l'ignorait
pas, se fût montré inexorable dans l'intérêt de l'exemple.

Voyant que l'ennemi se contentait d'occuper les principales positions de la ville sans paraître se préparer à l'attaque de la maison des Asmonéens, Mosa voulut visiter
Helcias et Salomith. Plein d'égards pour celui qui naguère était un de ses meilleurs amis, et pour la jeune fille
dont il désirait si vivement l'alliance, il les fit prévenir

qu'il désirait les entretenir. Helcias refusa nettement de le recevoir.

Et comme l'envoyé de Mosa insistait :

— Il est le maître, et nous sommes en son pouvoir, répondit Helcias ; mais il n'est plus pour nous qu'un ennemi, le complice de l'assassin de notre père et de la révolte coupable qui s'attaque à l'autorité légitime du roi Antiochus.

Salomith garda le silence. Persuadée comme son frère que les Israélites n'avaient pas le droit de se soustraire à la domination syrienne, elle ressenta t de cruelles angoisses. Partagée entre son amour pour Mosa et ce qu'elle croyait un devoir, elle éprouvait dans son cœur d'inexprimables souffrances.

Mosa apprit avec une douleur poignante le refus d'Helcias.

— Salomith n'a-t-elle donc point essayé de fléchir son frère ? demanda-t-il.

— Non, lui fut-il répondu.

— Elle n'a rien dit ?

— Rien ; pas un mot n'est tombé de ses lèvres.

— Ah ! soupira le jeune homme, elle aussi me hait. Mais, quoiqu'il doive m'en coûter, je serai fidèle à la cause sainte que j'ai embrassée et pour laquelle mon père est mort.

Plusieurs semaines s'écoulèrent sans que les Syriens tentassent aucune attaque. Nicanor attendait le résultat de son message à Antiochus. Apollonius, gouverneur de Samarie, n'osait quitter le siége de sa province avant d'avoir reçu des ordres. Et puis, les Asmonéens, soutenus par les Réchabites, race énergique, se fortifiaient de plus en plus. Des montagnes où ils avaient établi leur quartier général, ils lançaient continuellement des partis dans la campagne, et l'audace de ces coureurs croissait tous les jours.

En vain la pythonisse assiégeait la demeure de Nicanor, ce dernier ne voulait pas prendre sur lui le supplice de Nathan, qu'elle réclamait avec des cris de rage.

Stratonice, la fille du chef syrien, ayant appris la captivité d'Helcias, pressait son père de délivrer le jeune homme. Elle vint même plusieurs fois à Modim, au mépris des dangers qu'offrait la route, pour solliciter la réalisation de son vœu le plus ardent

Nicanor, ne pouvant résister aux prières de sa fille, songea d'abord à investir de nuit la maison des Asmonéens ; mais, redoutant que les Israélites demeurés dans la ville ne profitassent de la circonstance pour se déclarer contre lui, il renonça à ce projet.

Il lui vint en tête un autre plan : sachant que la mère et la sœur de Mosa habitaient Esron, il résolut de faire enlever les deux femmes, puis de les proposer en échange d'Helcias et de Salomith. Mais, chaque fois qu'il tentait d'exécuter ce dessein, les bandes d'Israélites qui sillonnaient le pays se montraient tantôt sur un point, tantôt sur l'autre, ou se réunissaient tout à coup, prêtes à le combattre.

Il lui fallut encore renoncer à ce moyen sur lequel il avait compté.

A bout d'expédients, et voulant cependant à tout prix satisfaire sa fille, il s'avisa d'offrir de rendre Nathan, si on consentait à lui remettre Helcias et Salomith.

Un parlementaire se présenta donc un jour à la maison des Asmonéens, de la part de Nicanor. Conduit aussitôt en présence de Mosa, il exposa l'objet de sa mission.

Les pouvoirs du jeune chef n'étant pas limités à cet égard, l'offre lui sourit, car l'échange proposée lui permettait, si elle s'effectuait, de punir l'espion et en même temps de prouver à Helcias et à Salomith que les événements n'avaient point altéré ses sentiments pour eux. Il se flattait en outre de mettre pour condition à leur élargissement que le fils de Jozabad ne porterait point les armes contre ses frères.

Sous l'influence de ces considérations, il dit à l'envoyé de Nicanor de revenir le lendemain chercher la réponse.

Dès qu'il eut congédié le parlementaire, Mosa courut à l'appartement qu'occupaient Helcias et Salomith, et entra sans se faire annoncer. Helcias l'accueillit avec un sourire amer, et Salomith témoigna son étonnement de cette brusque visite.

— Ne te suffit-il pas de nous tenir entre tes mains, fit Helcias, que tu ne crains pas de venir insulter à notre infortune?

— Ami, je ne mérite pas ce reproche, répondit Mosa, profondément attristé de ce langage.

— Toi, ton ami! je ne le suis plus du jour où tu t'es rangé du côté des rebelles, s'écria le fils de Jozabad.

— Pourtant je viens ici pour t'offrir la liberté.

— Tu ne feras que réparer une injustice, car tu n'avais aucun droit de nous la ravir.

— De grâce, n'engageons pas de discussion. Ecoute-moi seulement : veux-tu sortir de ce lieu?

— Peux-tu le demander?

— Eh bien, demain la porte de cette maison s'ouvrira pour toi et pour ta sœur, mais à une condition.

— Laquelle? interrogea le jeune homme avec hauteur.

— Tu t'engageras à ne point combattre contre tes frères.

— Mes frères sont les Syriens et ceux qui leur demeurent fidèles.

— Te ne réponds pas à ma proposition.

— Je ne puis l'accepter.

— Réfléchis : il y a peine de mort contre tout Israélite qui s'armera contre les Asmonéens.

— Je ne reconnais aucune autorité sur moi aux meurtriers de mon père, ni à des sujets révoltés contre leur prince.

— Alors, reprit Mosa avec dépit, tu resteras prisonnier.

— Soit, répliqua sèchement Helcias.

Mais Salomith, qui s'était tue jusque-là, éleva la voix à son tour ; et, joignant les mains, elle dit d'une voix suppliante :

Mosa, je t'en conjure, ouvre-nous les portes de cette demeure.

— Tu veux t'éloigner de moi ! à toi aussi, je suis devenu odieux ! fit le jeune homme avec l'accent d'une vive douleur.

Mosa, je t'en conjure, ouvre-nous les portes.

— Je désire quitter la maison des meurtriers de mon père, répliqua Salomith.

Mosa laissa tomber sa tête sur sa poitrine. Puis, bientôt il la releva ; il enveloppa d'un regard affligé le frère et la sœur, et reprit :

— Vous serez libres l'un et l'autre.

Et il s'éloigna brusquement.

Le soir de ce jour, l'échange s'accomplissait. Helcias et Salomith étaient remis entre les mains de Nicanor, qui livrait Nathan au chef des Israélites de Modim.

VIII

COUP DE MAIN

Tandis que les Syriens attendaient à Modim, à Jérusalem, à Samarie, les ordres de leur roi, les Asmonéens déployaient une activité prodigieuse. Mathathias semblait avoir recouvré la vigueur de la jeunesse, ou plutôt la grande âme du vieillard suppléait aux forces physiques diminuées par l'âge. Son appel à la guerre sainte avait été entendu : les plus vaillants hommes d'Israël accouraient sous ses étendards. Tous ceux qui tenaient au maintien de la loi ou qui fuyaient les maux dont les menaçait la domination étrangère, venaient à son secours.

Admirablement secondé dans sa glorieuse entreprise
par ses cinq fils, cinq héros prêts, jusqu'au dernier, à
donner leur vie pour Dieu et la patrie, il se vit bientôt à la
tête d'une petite armée.

Alors, le chef de la maison d'Asmon divisa ses soldats
en détachements et les lança par toute la province. Ces
bandes, guidées par les fils et les amis de Mathathias, et
même quelquefois par l'illustre Lévite lui-même, frappai.nt
inexorablement les prévaricateurs, et ceux qui échappaient
à leurs coups s'enfuyaient en Syrie.

En même temps, ils détruisaient les idoles et rétablis-
saient le culte national.

Or, la nuit qui avait précédé le jour où s'était accompli
l'échange de Nathan contre Helcias et Salomith, une
troupe de cavaliers se présentait à la maison de Mosa et de
Joakim, à Esron. Judith et sa fille veillaient encore, priant
avec larmes pour le triomphe de la cause sainte et pour le
salut de ceux qu'elles aimaient. L'alarme se répandit d'a-
bord dans l'habitation; on crut à un coup de main de la
part des Syriens, et la veuve d'Abiézer se préparait à faire
allumer le fanal pour appeler au secours, comme Nathan
le lui avait recommandé. Mais Sellum, qui s'était hâté de
prendre des informations, accourut annoncer à Judith que
les visiteurs tardifs étaient des amis, appartenant tous à
l'armée des Asmonéens.

À peine l'intendant avait-il donné ce renseignement à la maîtresse de la maison, qu'un homme de haute taille, armé complétement, parut sur le seuil de l'appartement. Sellum se retourna et s'inclina respectueusement devant le nouveau venu, en portant la main sur son cœur.

Les deux femmes, debout également, laissèrent échapper en même temps un léger cri de surprise et de joie : elles avaient reconnu Judas Machabée, l'aîné des Asmonéens.

Le chef illustre, dont le bras vaillant devait restaurer Israël, et dont le nom était promis à une éternelle renommée, fixa son regard affectueux sur la veuve d'Abiézer, puis il le reporta avec un sentiment plus doux encore sur Hannah ; alors un sourire éclaira son mâle visage et tempéra l'audace héroïque qui respirait dans toute sa personne. Parmi les Israélites, aucun ne le disputait à Judas en force ou en beauté virile. Caractère énergiquement trempé, intelligence lumineuse, cœur profondément convaincu et tout parfumé de piété, il était l'orgueil du vieux Mathathias qui se sentait revivre en lui plus encore que dans ses autres fils si courageux cependant, et si dévoués à la loi.

— Sois le bien-venu, Judas, dit la matrone en contemplant avec admiration le visiteur.

— J'étais l'ami d'Abiézer, répliqua le chef avec tristesse, et je suis l'ami de ses fils. Judith, je suis heureux de voir que la tranquillité règne dans la maison. Les Syriens ne t'ont point inquiétée?

— Aucunement. Ce soir, seulement, ton arrivée avec tes compagnons nous a causé une alerte : nous craignions un coup de main de l'ennemi.

— Du haut des montagnes je veillais sur cette maison, et c'était mon devoir, puisque je l'ai privée du glaive d'Abiézer.

— Je pense que Mosa et Joakim sont sains et saufs, fit la matrone.

— Tu les reverras dans deux jours.

— Quoi! ils quitteront Modim?

— Non; mais j'espère en chasser les Syriens, et les communications avec la ville seront libres. En attendant, je viens te demander l'hospitalité, pour moi et pour mes hommes. Nous agirons la nuit prochaine. Demain, mes éclaireurs examineront la vallée; quelques-uns se glisseront dans Modim, et reviendront m'indiquer sur quel point les Syriens sont moins vigilants. Tant que nous serons ici, je te prierai de ne laisser sortir aucun de tes gens.

— Ils sont tous sûrs et dévoués; néanmoins tu seras obéi.

Judith appela Sellum, et lui transmit les recommandations de Judas. Elle lui prescrivit ensuite de loger les
Israélites venus avec le fils de Mathathias et de faire soi-
gner leurs chevaux. L'intendant exécuta promptement les
ordres de sa maîtresse, et donna une consigne sévère à
tous les anciens serviteurs, sur qui il savait pouvoir compter comme sur lui-même.

Il revint quelque temps après annoncer à la matrone
que ses intentions étaient remplies ; mais, au moment de
soulever la portière, il se heurta contre une forme sombre,
qui s'enfuit et se déroba vivement à ses regards.

Au lieu d'entrer dans la salle où se trouvaient Judith,
Hannah et Judas, Sellum, malgré son âge, se précipita
sur les pas de l'indiscret personnage qu'il avait dérangé,
probablement, mais il ne put l'atteindre.

Il appela un serviteur intelligent et actif, et lui dit :

— Je viens de surprendre le nègre à écouter aux portes ;
il s'est sauvé, et j'ignore de quel côté il est allé se cacher.
Parcours la maison, tâche de le retrouver, et qu'on ne le
perde pas de vue un seul instant.

Le serviteur s'empressa d'exécuter la mission dont on
le chargeait.

En effet, c'était bien Méroé que Sellum avait rencontré
près de la portière. Le misérable, guéri par les soins de

Judith de la blessure que lui avait faite Nathan, paraissait se plaire dans la demeure de la matrone, car il ne parlait pas d'en sortir. De temps à autre, il s'échappait de la maison ; mais il y rentrait toujours vers la nuit, sans vouloir toutefois jamais s'expliquer sur ses excursions mystérieuses. On lui supposait si peu d'intelligence, qu'on se défiait de lui médiocrement. Malgré sa perspicacité, Sellum était loin de se douter du rôle joué par Méroé et de ses rapports intimes avec la pythonisse de la forêt ; il ne pouvait savoir que cet être disgracié de la nature et plus semblable à l'animal qu'à l'homme, avait voué à l'horrible sorcière l'affection que montre le chien pour son maître, et que son intelligence obscurcie s'illuminait de quelques rayons lorsqu'il s'agissait d'accomplir les œuvres du mal.

De son côté, la pythonisse tenait à Méroé comme on tient à un chien fidèle. Aussi, ne le voyant pas revenir le matin du jour qui suivit la mort de Jozabad, elle se décida à monter à la ville, où nous l'avons vue rôdant autour du palais du gouverneur.

Sitôt que le nègre put marcher, il se rendit au repaire de la magicienne, à qui il raconta sa mésaventure. Maacha se livra à des transports de rage en apprenant cette nouvelle provocation de Nathan, et jura qu'elle aurait à tout prix la vie de cet homme.

Elle ordonna à Méroé de retourner à Esron, chez la veuve d'Abiézer, et de lui rapporter exactement tout ce qui s'y passerait.

De là les inexplicables absences du nègre.

Sellum rentra dans la salle où l'attendait Judith, et sa figure, ordinairement si calme, exprimait une certaine préoccupation. Pour la première fois ses défiances s'éveillaient à l'égard de Méroé. Il raconta ce qui venait de lui arriver, sans taire ses soupçons.

Judas fronça le sourcil; ses traits, habituellement empreints de la sérénité de la force, se voilèrent d'un nuage,

— Il faut que cet homme se retrouve, dit-il, et qu'on me l'amène. La moindre indiscrétion pourrait compromettre le succès de notre entreprise.

Le chef israélite, sans perdre une minute, se rendit vers ses hommes, les mit au courant de ce qui se passa't, et leur ordonna de se répandre aux environs de la maison de Judith pour intercepter au nègre toute communication avec l'extérieur.

Lui-même s'informa auprès des serviteurs si on n'avait pas découvert la trace de Méroé. Sur leur réponse négative, il sortit pour diriger les investigations de ses soldats.

A peine avait-il mis le pied hors de l'habitation, qu'un de ses gens accourut à lui, et indiquant de la main l'avenue conduisant au petit bois où le nègre avait été blessé, lui apprit qu'une ombre noire venait de s'élancer par là, sans qu'il pût l'arrêter.

Que faire? Le moyen, pendant la nuit, de traquer un fugitif retiré dans un bois! Judas dut se contenter de lancer des éclaireurs dans la campagne, et de faire surveiller par eux la route de Modim.

Le jour se leva sans qu'on eût aucune nouvelle de Méroé, et il fallut bien renoncer à mettre la main sur lui. Mais, de cet incident résultait une conclusion inquiétante : puisque le nègre s'était évadé, il agissait donc dans l'intérêt des ennemis d'Israël; de plus, il devait avoir surpris le secret des plans de Judas, et il était allé le livrer.

Judas ne se déconcerta pas. Avec l'activité prodigieuse qui le caractérisait, il conçut immédiatement un autre projet, commanda d'élever, sur la terrasse de la maison, deux étendards, l'un du côté des montagnes, et l'autre du côté de Boarith, et se disposa à marcher sans retard sur Modim.

Ses hommes prirent en toute hâte un léger repas, et se rangèrent en armes dans la vaste cour de l'habitation. Ils montèrent à cheval et attendirent en silence que leur chef donnât le signal du départ.

Judas prenait congé de Judith et d'Hannah. La ma-

trone ne cherchait point à retenir le chef, ni à le dé-
tourner de la lutte périlleuse qu'il se préparait à engager :
malgré l'affection profonde qu'elle lui avait vouée tant à
cause du souvenir d'Abiézer que pour les vertus héroïques
qu'on admirait en lui, elle ne crut pas devoir se permettre,
en ces circonstances solennelles, de lui adresser même la
simple recommandation de ménager sa vie. Les hommes
généreux tombés déjà pour la loi soit dans les combats,
soit dans les supplices, avaient-ils marchandé leurs jours ?
Des femmes, des adolescents avaient accepté la mort avec
un courage incomparable. Ces illustres exemples étaient
récents, actuels encore pour ainsi dire, et condamnaient
à l'avance toute faiblesse, toute défaillance. Hannah pourtant, si sa réserve virginale ne l'eût retenue, aurait certainement supplié Judas de ne point s'aventurer témérai-
rement et de réprimer l'audace indomptable qu'on lui re-
connaissait, mais elle n'osa pas prononcer un mot en
présence de l'homme qui lui apparaissait comme le plus
grand de tous parmi les vaillants d'Israël. Elle répondit
les yeux baissés, les joues rougissantes, aux adieux du
redoutable Asmonéen; et ses larmes coulèrent quand il
se fut éloigné.

A l'heure même où Judas quittait la maison de Judith
avec son escorte, une heure, environ, après l'élévation
des signaux sur la terrasse, on vit déboucher des sentiers

des montagnes voisines de longues files de cavaliers ; sur
différents points de la vallée, des groupes armés se formaient, marchant lentement sur Modim ; en même temps,
une troupe d'hommes aux costumes étranges, sortait de
Boarith, et s'avançait avec précaution dans la direction de
la ville, sous la conduite d'une espèce de géant qui n'était
autre qu'Aser.

Avant de s'élancer en selle, Judas monta sur la terrasse ;
de son œil d'aigle il embrassa d'un coup les environs, et
un sourire de satisfaction erra sur ses lèvres à la vue des
mouvements qui s'exécutaient.

Les hommes qui descendaient des montagnes, c'étaient
les détachements de l'armée de Mathathias, qui, sous les
ordres de Jonathas, devaient prêter main-forte à Judas.

Les groupes dispersés dans la campagne, se composaient
d'éclaireurs qui battaient sans cesse les environs de Modim
et exploraient les routes venant des principales places oc-
cupées par les Syriens.

La troupe d'Aser s'était formée des esclaves israélites
de Jozabad et d'une multitude d'autres qui avaient fui
leurs maîtres à la nouvelle de la lutte commencée. Jusqu'alors Aser, cantonné dans la maison de Jozabad comme
dans un quartier général, s'était contenté de gêner les
communications de Jérusalem avec Modim ; plus d'une

fois il avait intercepté des courriers et enlevé les dépêches de l'ennemi.

Judas, visiblement satisfait du spectacle qui se déroulait à ses regards, descendit rapidement, sauta sur son cheval, et faisant un dernier signe d'adieu à Judith, à Hannah, à Sellum qui étaient sortis pour assister à son départ, il se plaça en tête de ses hommes et gagna au grand trot la route de Modim.

Dès que l'étendard du glorieux Asmonéen eut paru dans la vallée, les éclaireurs se massèrent, les gens que guidait Aser se portèrent du côté par où s'avançait Judas, et la jonction de ces diverses troupes s'accomplit au pied de la montagne dont la ville occupait le sommet.

Il y eut un temps d'arrêt très-court; puis, le chef, après avoir donné ses ordres, marcha directement sur la place. Il n'était guère encore qu'à mi-pente, quand de grands cris retentirent, et des soldats syriens accoururent pour disputer aux Israélites l'entrée de la cité. Mais à la vue de la nombreuse escorte de Judas et de la résolution qui animait les assaillants, ils reculèrent pour se mettre à l'abri des murailles.

Judas continua son ascension. Tout à coup un signal apparut sur la tour de la demeure des Asmonéens et provoqua les acclamations enthousiastes des soldats qui suivaient le fils de Mathathias.

L'échange des prisonniers venait de s'accomplir lorsque les mouvements de Judas furent aperçus par la garnison de Modim ; à peine si Helcias et Salomith avaient encore franchi le seuil du palais de Nicanor. Mosa allait ordonner le supplice de Nathan, qu'il tenait de nouveau entre ses mains. Déjà les Israélites se rassemblaient dans la cour entourée de portiques, prêts à lapider l'espion, suivant les préceptes de la loi.

Nathan, debout, silencieux, impassible comme d'habitude, semblait ne pas entendre les malédictions dont on l'accablait. Pourtant, lorsque le fils aîné d'Abiézer lui avait déclaré qu'il fallait mourir, il avait réclamé un sursis, ou du moins qu'on referât de la sentence à Judas Machabée.

— Et tu mettras à profit ce délai pour nous échapper encore, avait répondu Mosa. Sache-le, ici j'ai plein pouvoir sur les traîtres.

Nathan releva son regard morne sur le jeune homme et répliqua d'un ton triste :

— Judas me jugerait peut-être avec plus d'indulgence que toi ..

L'espion s'interrompit brusquement, comme s'il eût craint d'en avoir trop dit. Mosa, retournant vers ses soldats, ouvrait déjà la bouche pour ordonner l'exécution ;

mais la sentinelle qui veillait au sommet de la tour signala en ce moment ce qui se passait dans la vallée. Mosa, étonné de ces mouvements imprévus, dont aucun émissaire ne l'avait informé, monta lui-même au sommet de l'édifice pour juger en personne de la situation.

Il vit les éclaireurs et la troupe d'Aser qui se ralliaient à Judas, puis ce dernier s'approchant rapidement de la ville. Le jeune chef comprit que les Asmonéens avaient résolu de s'emparer de Modim; et il s'empressa de descendre pour être prêt à appuyer leur attaque.

Revenu dans la cour, il s'arrêta quelques minutes devant Nathan, et tira son poignard avec l'intention d'en finir immédiatement avec l'espion. Mais les cris des Syriens qui avaient remarqué à leur tour la troupe que Judas conduisait, l'interrompirent encore une fois.

— Qu'on jette ce misérable dans la prison souterraine, commanda-t-il, et qu'un homme reste constamment à la porte du cachot.

L'ordre de Mosa s'exécuta sur-le-champ. Nathan fut précipité plutôt qu'introduit dans la prison qui lui était assignée, une espèce de fosse dont une boue fétide recouvrait le sol, et où régnait une obscurité profonde. On plongeait dans cet immonde séjour les plus atroces scélérats,

du temps que Mathathias commandait dans Modim. La
porte massive se referma sur le captif, qui échangeait seulement son supplice pour un autre, et le soldat occupa son
poste de gardien.

Bientôt les troupes de Judas Machabée se ruèrent sur
l'une des portes de la ville, la forcèrent malgré la défense
des Syriens, et pénétrèrent dans Modim. Leur chef les
guida jusqu'au centre de la place, tandis que l'ennemi se
réfugiait dans le palais du gouverneur et dans une tour
située à l'occident.

Les Israélites ayant fait une halte, Judas les partagea
en trois corps ; le premier, guidé par lui, devait opérer
contre le palais ; le second, sous les ordres de Jonathas,
était destiné à l'attaque de la tour ; le troisième eut mission de se porter sur la demeure des Asmonéens, de se
placer sous le commandement de Mosa, et d'occuper les
postes les plus importants.

Cette manœuvre s'accomplit avec précision, avant que
les Syriens n'eussent pu la pressentir ou prendre les mesures nécessaires pour s'y opposer. Judas s'élança, à la
tête de ses hommes, vers l'habitation où Nicanor s'était
retranché, l'aborda avec une irrésistible impétuosité, et ne
tarda pas à l'emporter de haute lutte.

Le général d'Antiochus, forcé d'évacuer le palais, se retira avec le moins de désordre possible, se retournant de temps à autre pour faire face aux cavaliers ennemis qui le poursuivaient. Les compagnons de Judas, animés par l'ardeur de la lutte, divinrent furieux en apercevant des Israëlites parmi les Syriens ; ils voulurent se jeter sur eux pour les châtier immédiatement de faire cause commune avec les tyrans de la Judée. Mais Machabée contint la colère de ses soldats, car il fallait garder l'édifice conquis, et par conséquent affaiblir le détachement qu'il commandait. Craignant que les Syriens, réduits au désespoir, ne se défendissent jusqu'à la mort ou ne profitassent de leur nombre pour un retour sérieusement offensif, il prescrivit à ses officiers de ne point trop les presser.

De son côté, Jonathas se rendit promptement maître de la tour ; et, agissant avec la prudente réserve de son frère, il se contenta de chasser l'ennemi hors de la ville.

Parmi les Israëlites qui s'enfuyaient avec Nicanor, se trouvait Helcias. Le jeune homme, plein de ressentiment de sa récente captivité et de la mort de son père, s'était armé dès son entrée au palais. Forcé de s'éloigner de Modim avec les Syriens, il emportait sa sœur sur son cheval, et, malgré ce fardeau, il tirait de temps à autre une flèche contre les poursuivants.

Une partie de l'escorte de Nicanor avait déjà franchi la

porte de la ville la plus voisine du palais, quand le détachement de Mosa se montra tout à coup, et se jeta sur les
fugitifs. A la vue de son ancien ami, Helcias ne se possé-
dant plus, et violant les règles de la prudence la plus élé-
mentaire, s'arrêta brusquement, ajusta un trait sur la
corde de son arc, et visa la poitrine de Mosa.

Salomith, hors d'elle-même, poussa un cri, et de sa
main droite détourna le fatal javelot, qui frappa Joakim
au bras. Mosa, voyant son frère blessé, et exaspéré de la
tentative d'Helcias, se précipita tête baissée dans le
groupe formé par les Israélites alliés des Syriens. Il allait
atteindre de sa lance le fils de Jozabad ; heureusement
les compagnons de ce dernier réussirent à l'entraîner et
comme à l'enlever au milieu d'eux. En même temps
Judas arrivait et commandait de suspendre toute poursuite.

Il était midi, et Modim ne renfermait plus un seul
Syrien. Les Asmonéens rentrèrent en possession de leur
cité, et des messagers, dépêchés de Judas, coururent
aux montagnes avertir Mathathias du succès de l'expédition.

Le soir, à la tombée de la nuit, le vieux prêtre repa-
raissait dans sa maison, entouré de ses fils et de ses amis
fidèles.

Mosa ne se présenta que fort tard devant le chef d'Israël. Il amenait Aser, l'ancien esclave de Jozabad, devenu l'un des plus intrépides champions de l'indépendance nationale. Le géant, le visage noir de poussière,
les mains et les armes rouges de sang, le regard brillant
de l'ivresse de la victoire, traînait à sa suite le nègre Méroé
et une femme voilée d'un lambeau d'étoffe noire. Laissé à
son initiative personnelle, il avait d'abord traqué dans
toute la ville les Syriens qui n'avaient pu rejoindre à temps
les troupes retranchées dans le palais où dans la tour,
égorgeant impitoyablement tous ceux qui lui tombaient
sous la main. Il infligeait le même traitement aux Israélites reconnus pour être complices de l'ennemi.

Or, dans cette chasse terrible, inexorable, conduite
avec la sagacité du chien sur la piste du gibier, il avait remarqué le nègre qui cherchait à se cacher avec sa maîtresse,
et il s'était emparé de ces deux êtres dangereux. Comme
il ne leur avait vu faire aucune démonstration hostile,
il avait empêché ses hommes de les massacrer, et il les
amenait à Mathathias, afin que le vieillard décidât de
leur sort.

Judas comprit aussitôt que le nègre était bien le misérable évadé la nuit précédente de la maison de Judith;
il apprit en quelques mots à son père ce qu'il savait, et il
se mit à interroger Méroé.

— Tu nous as épiés hier soir, à Esron, lui dit-il d'un ton sévère, et tu t'es enfui pour informer les Syriens de nos plans.

— Le nègre se tut.

— Réponds, drôle, insista Machabée, où je te livre aux bourreaux qui trouveront bien moyen de te faire parler,.

Effrayé de cette menace, Méroé se réfugia près de sa maîtresse, qui répondit à sa place :

— Ne fais pas de mal à ce malheureux; ne vois-tu pas qu'il est idiot ?

— Judas et les assistants, frappés de l'accent étrange et guttural de la voix de Maacha, l'examinèrent attentivement. Puis Mathathias, à son tour, demanda :

— Quelle est cette femme ?

Un Israélite qui la retenait par son vêtement, souleva son voile, et tous les spectateurs reculèrent d'horreur à l'aspect de cette figure affreusement mutilée.

Nul ne la connaissait, et une stupeur silencieuse s'empara de l'assemblée.

Maacha profita habilement de l'effet que sa vue produisit, et elle reprit :

— Vous voyez en moi une victime de la cruauté des

amis des Syriens : un scélérat qui leur est vendu m'a mis en cet état, il y a plusieurs années.

— De qui veux-tu parler ? interrogea Judas dont les défiances n'avaient point cessé.

— D'un monstre nommé Abiram, et qui maintenant se fait appeler Nathan.

— Nathan ! répétèrent à la fois Judas et Mosa, mais avec une expression toute différente.

L'accent du fils aîné de Mathathias trahissait l'incrédulité, et celui de Mosa une violente colère.

— Si tu dis vrai, ajouta le jeune homme, je déclare qu'en effet tu es innocente.

— Je jure que je n'ai exprimé que la vérité, s'écria la pythonisse en levant sa main décharnée.

— Rien de plus facile à constater, reprit Mosa : Nathan, ton ennemi et le nôtre, est ici.

— Oui, l'odieux espion est retombé dans mes mains ; il m'avait échappé, comme je t'en ai informé ; mais, aujourd'hui même, j'ai échangé contre lui Helcias et Salomith, afin de préserver Israël des machinations redoutables de ce traître, le plus dangereux des hommes.

Maacha tressaillit en apprenant que Nathan vivait encore. Elle croyait que Mosa l'avait déjà vengée de son en-

nemi, et elle n'avait pas peu contribué à décider Nicanor à
l'offrir en échange des enfants de Jozabad.

— Qu'on amène cet homme, ordonna Mathathias.

Sur un signe de Mosa, deux soldats coururent à la prison. Ils revinrent presque aussitôt, rapportant un cadavre, celui du gardien préposé à la surveillance de Nathan.

— La porte du cachot était ouverte, raconta l'un d'eux.
et nous n'avons trouvé que cet infortuné, gisant sur le sol,
un poignard planté dans la poitrine.

Mosa eut un rugissement de rage, et il s'écria :

— Nous avons affaire à un véritable démon : cet homme, en vérité, possède une habileté infernale ; il nous
échappe encore !

Judas se pencha sur le cadavre et se releva sans prononcer un mot. Il avait reconnu un soldat au sujet duquel il
avait exprimé quelque défiance, au moment où Mathathias
et lui-même sortaient de Modim, après la mort de Jozabad,
pour gagner les montagnes.

Maacha ramena son voile sur son visage. Quant à Mosa,
il insista pour qu'on recherchât activement Nathan.

Machabée se baissa de nouveau vers le cadavre dont il
toucha la main.

— La poursuite serait vaine, déclara-t-il : cet homme

est froid, ses membres sont rigides ; preuve qu'il est
mort depuis plusieurs heures. Nathan est certainement
en sûreté.

Ce fut aussi l'avis de Mathathias et des officiers présents, de sorte que la chose en resta là.

Ensuite, le vieillard, indiquant du geste la pythonisse
et le nègre, recommanda de les laisser aller en liberté.
Nul n'éleva d'objection contre cette décision. Maacha et
Méroé s'empressèrent de profiter de la permission qu'on
leur accordait ; ils sortirent en toute hâte de la maison
des Asmonéens, et quittèrent la ville dès le lendemain.

IX

LE LIT DE MORT.

Judas ne s'était pas trompé en affirmant que l'évasion de Nathan devait remonter à plusieurs heures ; le prisonnier n'avait pas séjourné longtemps dans son cachot. Pendant que les Israélites occupant la maison des Asmonéens se préparaient à intervenir de leur côté dans la la lutte, le soldat commis à la garde de Nathan ouvrit la porte de la prison et descendit auprès du captif.

Celui-ci demeura immobile, bien qu'il dût avoir entendu

le pas du visiteur. Le gardien s'étant approché, poussa Nathan de la main et lui dit à voix basse :

— Ne crains rien, je ne te veux pas de mal, au contraire.

— Est-ce que tu m'as vu pâlir devant les apprêts du supplice ? répliqua Nathan en se redressant vivement.

— Non, reprit le soldat avec embarras; mais tu ne m'as pas compris : je désirais te faire savoir que je ne viens point à mauvaise intention.

— Eh ! que peut-il m'arriver de pire que la mort à laquelle on m'a condamné ? fit le captif avec une amère ironie.

— Il est encore pour toi un moyen de salut.

— Lequel ? demanda Nathan dont les traits s'illuminèrent subitement.

— La fuite, dit le gardien qui observait attentivement le prisonnier, dont une faible lueur, glissant par une fente de la porte, éclairait le visage.

Nathan se leva tout à fait ; et, fixant sur le soldat son œil pénétrant, il lui demanda :

— De quelle part me proposes-tu cela ?

— De moi-même ; cette maison n'est remplie que de tes ennemis.

— Ah ! il n'en a pas toujours été ainsi, murmura le prisonnier en secouant la tête avec tristesse.

Et, bien que cet instant fût décisif pour lui, il tomba dons une rêverie mélancolique dont son visiteur ne tarda pas à le tirer.

— Allons, dit le soldat, es-tu décidé ?

— Qu'est-il besoin d'une pareille question, quand il s'agit d'éviter une mort ignominieuse ?

— C'est ce que je pensais, d'ailleurs nous servons la même cause.

— La même cause ?... Ainsi, tu serais...

— Un émissaire des Syriens ; seulement j'ai été plus habile que toi : je ne me suis ni laissé prendre, ni même soupçonner.

Nathan examina de plus près son interlocuteur ; puis il ajouta :

— Dans quel but demeures-tu dans cette maison, au moment où les Syriens sont attaqués vigoureusement sans doute par les Israélites révoltés ?

— Je reste parce que j'espère voir ici bientôt Judas.

— Comptes-tu donc le tromper comme tu as trompé Mosa ? Je connais le fils aîné de Mathathias, et il est doué d'une sûreté de coup d'œil rare, même parmi les hommes de guerre expérimentés comme lui.

Le soldat se pencha vers Nathan, et lui glissa ces mots à l'oreille :

— Je le tuerai.

Un frémissement qui ne fut pas remarqué du garde, parcourut les membres de Nathan ; il porta doucement la main sous sa tunique souillée de la fange du cachot, et la retira brusquement, armée d'un poignard. Sans articuler une parole, il saisit de l'autre main le soldat, et lui plongea le fer dans la poitrine, jusqu'à la garde! L'Israélite perfide tomba sans pousser un cri. Nathan se précipita vers la porte, sortit avec assurance, et, profitant du tumulte, il parvint à gagner la rue.

Également suspect aux Syriens et aux Israélites, et sachant bien qu'il avait tout à craindre des deux partis, il ne chercha point à se mêler au combat, mais s'esquiva par des ruelles désertes, qui le menèrent à un endroit du mur très-bas, d'où il lui fut facile de franchir l'enceinte mal entretenue de la ville.

Il erra quelque temps au hasard sur la pente de la montagne ; mais, réfléchissant bientôt que les éclaireurs israélites ne cessaient de battre la campagne, et ne voulant pas retomber entre les mains de ses ennemis, il prit à travers les champs de vignes et de figuiers, et se dirigea vers la forêt.

Arrivé sur la lisière du bois, il retourna vers Modim, et parut hésiter un instant sur le refuge qu'il choisirait. Un rayon de joie illumina sa figure basanée quand il vit flotter sur le palais du gouverneur et sur la tour des Syriens l'étendard des Asmonéens ; mais presque aussitôt une expression mélancolique assombrit ses traits. Le dos appuyé contre un arbre, les bras croisés, le regard obstinément fixé sur la cité reconquise, il semblait suivre à travers l'espace ses pensées fugitives.

A la fin, il secoua la tête comme pour chasser des souvenirs importuns, passa la main sur son front baigné de sueur, laissa échapper un soupir et pénétra dans la forêt. Il suivit longtemps un sentier mal frayé, embarrassé souvent de broussailles ou de branches d'arbres arrachées par l'orage, et ne s'arrêta qu'auprès d'une source jaillissant du pied d'un rocher.

Dans une éclaircie de la forêt, à peu de distance, on apercevait une hutte grossière formée de troncs d'arbres et recouverte de mousse. Au moment où Nathan arrivait, la porte faite de planches disjointes était ouverte ; et, sur le banc de gazon établi sur l'un des côtés de la cabane, un vieillard assis, les coudes appuyés sur ses genoux, la tête penchée vers la terre, semblait prêter l'oreille aux mille bruits qui se produisaient dans le bois. Sa longue barbe blanche inondait de flots d'argent sa poitrine demi-nue ; son visage sévère , ridé par l'âge , exprimait la résignation et la tristesse. Parfois, son beau regard se levait vers le ciel avec une expression sublime de confiance et de supplication.

Nathan , masqué encore par un olivier sauvage , mais pouvant parfaitement distinguer le vieillard , le contempla quelques minutes avec un sentiment indéfinissable de tendresse et de compassion. Les rudes traits de l'Israélite s'adoucissaient graduellement sous l'influence d'une émotion puissante ; les passions ardentes qui bouillonnaient dans son cœur faisaient silence , laissant parler seulement une nature admirablement douée , mais jetée par des circonstances mystérieuses dans une voie étrange, équivoque, inexplicable.

Un énorme figuier aux feuilles d'un vert sombre et aux fruits mûrissants abritait la hutte ; quelques orangers couverts de fleurs et de pommes d'or frissonnaient au souffle de la brise; des cactiers aux grappes rouges et aux pointes jaunâtres rampaient le long des parois ; des buissons de rosiers croissaient au pied de trois ou quatre dattiers dont la tige élancée apparaissait couronnée d'une gerbe élégante de feuilles lancéolées.

La cabane s'élevait au milieu d'une sorte d'oasis, évidemment créée par la main de l'homme.

Nathan avait fait un mouvement, le vieillard se redressa doucement, cherchant à découvrir d'où venait le bruit. L'Israélite, écartant les branches qui dissimulaient sa présence, s'avança vers le possesseur de la hutte.

A l'aspect du nouveau venu, le visage du vieillard s'épanouit, et il se disposait à se lever ; mais Nathan lui fit signe de ne point quitter sa place, et alla s'asseoir à son côté.

— Sois le bien-venu, mon fils, dit le vieillard ; il y a de longs jours que je t'attends.

— Les évènements ont été plus forts que ma volonté, répliqua l'Israélite, je n'ai pas été le maître de mes actions.

— Que s'est-il donc passé ?

— Vous n'avez pas vu Aser ?

— Une fois depuis trois mois.

— Ne vous a-t-il pas appris la guerre engagée par les Asmonéens contre les Syriens ?

— Au contraire, il m'a tout raconté. Dieu soit béni mille fois pour avoir permis que mon fils fût rendu à la liberté et pût prendre part à la guerre sainte contre nos cruels ennemis ! J'ai su comment, de concert avec toi, il avait immolé une troupe de Syriens, dans la maison de Jozabad, et contribué à l'accomplissement de la mission

confiée à Mosa. Quoique mon sang coule dans les veines
d'Aser, il me sera permis cependant d'affirmer qu'il n'est
pas de plus noble cœur parmi les enfants d'Israël. Quand
Jozabad nous eut injustement dépouillés de l'héritage de
nos pères, il s'offrit comme esclave au misérable qui avait
vendu son âme à nos cruels oppresseurs, afin d'épargner
à ma vieillesse les derniers outrages et de m'assurer un peu
de pain. Sa mère était morte de chagrin, et son fier caractère avait horreur de la servitude autant que de l'injustice ; mais l'amour filial triompha chez Aser de toutes
les autres considérations, et il voulut subir la suprême
flétrissure de l'esclavage dans la maison d'un traître.
Maintenant que ses indignes fers sont brisés, il ne lâchera
point le glaive dont il s'est armé, contre les tyrans de la
Judée, tant qu'un seul Syrien profanera le sol sacré dé-
volu aux fils de Jacob.

— Oui, Manahem, Aser est bien tel que vous le
dites ; il fut mon ami en des jours meilleurs, et j'envie
son sort.

— Ne sers-tu pas la même cause ?

— Sans doute, mais tandis qu'il peut illustrer son nom
en combattant au grand jour les ennemis de la patrie,
aux acclamations de ses frères, je ne recueille que l'op-
probre et la haine ; et si, par grâce, lorsque j'aurai
succombé, j'obtiens un tombeau, l'Israélite, en pas-

sant, jettera une pierre avec mépris sur ma sépulture, en murmurant : « — Ici repose l'homme maudit, l'espion des Syriens ! »

— Ceux qui te connaissent rendront témoignage de toi.

— Et qui donc me connaît aujourd'hui ? reprit Nathan avec une sombre douleur. Mes meilleurs amis ne sont-ils pas forcés de me renier en public ? Judas lui-même, Judas dont les paroles ont maintes fois relevé mon courage, Judas à qui j'ai voué une sorte de culte, m'a déclaré que, fussé-je au moment de subir le dernier supplice, il ne pourrait rien faire publiquement pour me sauver.

— Le jour où notre cause aura triomphé, il n'en sera plus de même. L'aîné des fils de Mathathias, celui que le ciel prédestine visiblement à la souveraine puissance, te rendra encore pleine et éclatante justice.

— Dieu le veuille ! mais quels sont ceux qui survivront à la lutte effroyable qui s'engage ?

— Jéovah voit tes actes, il scrute le fond des cœurs, et il sait que tu n'as jamais cessé d'être un véritable Israélite. Que dis-je ? ton dévouement dépasse de beaucoup ceux de nos plus intrépides soldats, car tu agis sans espoir de récompense humaine, et c'est là le comble de l'héroïsme. D'ailleurs, n'as-tu pas l'estime, l'amitié de

plusieurs hommes vertueux ? Sans parler de moi , tu pos-
sèdes la confiance , l'affection de Judas ; un jour , devant
moi, l'illustre Asmonéen te nomma son frère et te pressa
sur son cœur , protestant qu'à ses yeux tu étais le plus
grand des Israélites.

À ce moment , le visage de Nathan parut transfiguré ;
un enthousiasme extraordinaire illumina ses traits ; sa
robuste poitrine se gonfla d'orgueil , et il s'écria :

— Aussi , quand je sens mon âme défaillir , il me suffit
d'évoquer la pensée de cet instant mémorable et solennel
pour retrouver ma résolution. Manahem , je serai fort,
je marcherai d'un pas ferme dans la voie que les circonstances m'ont tracées.

— Bien , mon fils , dit le vieillard en attirant Nathan
sur son sein ; bien , tu es véritablement digne de nos
martyrs , digne de la sainte cause pour le succès de laquelle je prie , pour le triomphe de laquelle combattent
les Asmonéens , les fils d'Abiézer , Aser et tant de généreux Israélites.

Nathan écoutait avec bonheur ce langage sympathique ;
les éloges du vieillard le consolaient des malédictions qu'il
avait si fréquemment entendu retentir autour de lui depuis
quelques semaines.

— Manahem , dit-il enfin , il n'y a que vous et Sellum

qui sachiez relever mon âme abattue. Quand je vous quitte, l'un ou l'autre , je suis disposé à tout souffrir pour le service de nos frères. Mais , dans votre solitude , avez-vous les aliments nécessaires ? Ne vous a-t-on point négligé dans ces derniers temps ?

— Rassure-toi , ami , je n'ai jamais manqué de rien : Aser et Sellum pourvoient à tous mes besoins. A propos , tu me sembles exténué de fatigue ; entre dans ma hutte , j'ai là un pain récemment cuit sous la cendre , des fruits , de l'eau de la source. Lorsque tu auras mangé , tu te reposeras.

J'accepte volontiers , répondit Nathan en se levant.

Le vieillard fit de même et introduisit l'Israélite dans sa cabane.

L'ameublement en était simple : une table de citronnier, un banc de chêne, une natte servant de lit, une tablette de bois de cèdre sur laquelle reposait un rouleau de papyrus renfermant une copie de la Loi.

Manahem , indiquant du geste à son hôte le pauvre mobilier de sa demeure, dit en souriant :

— Rien n'est changé chez moi depuis ta dernière visite. Ce gîte où tu m'aidas à m'installer, il y a huit ans, après la perte de ma femme et de mes biens , ne s'est point embelli ni enrichi. Cependant , tel qu'il est , il me suffit.

Durant mes longues heures de solitude, je pense à ceux
que j'aime, à mon fils, à toi, Nathan. Te souvient-il que
ce fut ici même, assis sur cette natte, la main étendue
sur le livre de la Loi, que tu juras de travailler de toutes
tes forces à rétablir l'indépendance de la nation? Déjà
tu avais changé ton nom contre celui d'Abiram, afin de
mieux tromper les Syriens. Judas vint te voir, tu lui com-
muniquas tes projets, et il les approuva. A dater de ce
moment, quelle activité tu as déployée ! En vérité, tu
peux revendiquer pour une bonne part l'honneur des événements qui s'accomplissent.

— Les années écoulées ont été pour moi dures et labo-
rieuses, Manahem ; une pareille existence use le corps et
l'âme mille fois plus que les travaux accumulés d'une longue vie. Mais donnez-moi à manger ; il faut que je répare
mes forces, car je partirai dès ce soir.

— Songes-tu donc à rentrer dans Modim?

— Non ; pour le moment je n'ai plus rien à faire en
cette ville ; j'irai à Jérusalem.

— Est-ce que les Asmonéens auraient dessein d'attaquer
bientôt la Cité-Sainte ?

— Je l'ignore ; ou plutôt je crois que Judas attendra des
renseignements précis sur l'état des forces ennemies qui
occupent la citadelle. Nicanor et la garnison de Modim sont
probablement en route pour Jérusalem.

Pendant que Nathan achevait ces paroles, Manahem plaçait sur la table un pain mince, à la croûte dorée ; puis une corbeille de figues et de dattes récemment cueillies. Le visiteur, dont l'appétit était excité par un long jeûne, dévora promptement ce frugal repas, tout en se désaltérant à plusieurs reprises avec l'eau fraîche de la source que le vieillard lui avait offerte dans une outre.

Dès qu'il fut rassasié, Nathan s'étendit sur la natte, où il ne tarda point à s'endormir. Manahem, le voyant plongé dans un profond sommeil, alla reprendre sa place devant la porte, sous les dattiers.

Au bout de trois heures, Nathan s'éveilla et rejoignit le vieillard.

— Adieu, dit-il en lui serrant la main, il est temps que je m'éloigne.

— Déjà ! fit Manahem.

— Le soleil décline à l'horizon, et je désire profiter des premières ombres pour pénétrer dans Jérusalem ; j'espère que nous nous reverrons bientôt.

— Mais tu es sans armes.

— J'ai laissé mon poignard planté dans la poitrine de l'homme qui me gardait, chez les Asmonéens. C'éta't un misérable, disposé à trahir pour un peu d'or : j'en ai fait justice.

— Je veux que tu sois en mesure de te défendre,
en cas de danger , reprit le vieillard ; attends moi un
moment.

Manahem entra dans sa hutte et ne tarda pas à revenir
avec une courte épée.

— Prends ceci , recommanda-t-il à Nathan ; Aser s'en
est servi jadis contre les Arabes pillards du désert.

Nathan cacha l'arme sous ses vêtements, remercia le
vieillard et s'enfonça dans un sentier étroit et sinueux de
la forêt. A la nuit il franchissait l'enceinte de Jérusalem, où il se réfugia dans un quartier solitaire , habité
seulement par quelques familles pauvres , et couvert de
masures.

Durant plusieurs semaines , il ne quitta point la ville
sainte , visitant le jour certains Israélites qu'il savait fidèles , et rôdant la nuit dans les quartiers occupés par les
Syriens. Rien n'échappait à son œil subtil ; les satellites
d'Antiochus , malgré toutes les précautions qu'ils pre-
naient , ne réussirent pas à lui dérober le secret d'une
seule de leurs démarches. Une fois , il s'aventura jusque
dans la citadelle , déguisé en Syrien , et il y aperçut
Nicanor , Helcias , Salomith et Stratonice. Il apprit que le
lieutenant du roi méditait de reconquérir Modim par un
coup de main , les renforts demandés à Antiochus n'arri-

vant point assez vite à son gré. Helcias le pressait de
prendre une éclatante revanche sur les Asmonéens et ne
déguisait pas ses espérances de s'emparer de Mathathias,
qu'il détestait comme le meurtrier de Jozabad. Néanmoins
le jeune homme, jusqu'alors, s'était abstenu de sacrifier
aux idoles. Sa sœur le soutenait par ses exhortations dans
sa fidélité à la loi divine.

Admis dans l'intimité de Nicanor, Helcias voyait Stratonice tous les jours; et son cœur, de plus en plus épris
de la jeune fille, aspirait ardemment après l'heure où il
la nommerait son épouse. Le chef syrien, voyant que sa
fille, de son côté, répondait à l'amour de l'Israélite, décla-
rant même qu'elle n'accepterait la main d'aucun autre,
résolut d'accéder à ses vœux. Mais, auparavant, il voulut
faire une dernière tentative pour amener Helcias à renier
le Dieu de Jacob. Il le prit à part, et lui annonça que
Stratonice lui appartiendrait, mais à la condition pour lui
d'embrasser le culte des Grecs.

—Jamais je ne commettrai ce crime, répondit l'Israélite.

— Réfléchis pourtant : les Juifs, tes compatriotes, les
adorateurs de ce Dieu que tu t'obstines à servir, sont tes
ennemis et les nôtres.

— C'est là le sujet de ma douleur.

— Ils ont égorgé ton père, ils te poursuivent toi-même, et si tu tombais entre leurs mains, aujourd'hui que tu as fait cause commune avec nous, ils n'épargne-raient pas ta vie.

— Je le sais.

— Alors pourquoi repousser mes propositions ?

— Parce que je suis convaincu de la vérité de ma religion.

— Puérilités que tout cela ! fit Nicanor avec un geste ironique : laissons au peuple et aux imbéciles ces ima-ginations ; ne lâchons pas la proie pour l'ombre. Il n'y a de réel en ce monde que la jouissance. Quiconque sa-crifie ses intérêts à un Dieu ou à une religion, est un insensé.

— Interdit devant cette profession de foi épicurien-ne, Helcias se tut. Nicanor, croyant l'avoir persuadé, ajouta :

— Je compte sur ton intelligence, sur ton bon sens, et j'attends ta réponse.

— Impossible de vous satisfaire.

— Quoi ! tu persistes ?

— J'obéis à ma conscience.

— Qu'est-ce que la conscience ? demanda le chef syrien

avec dédain. Pour moi, je ne reconnais d'autre règle
de conduite que mon avantage personnel et la volonté
du prince. Ces dieux mêmes que nous feignons de servir
avec zèle, nous y croyons fort peu. Mais comme nos prêtres leur attribuent des mœurs faciles, et qu'en somme
les pratiques imposées par leur culte ne sont qu'une va-
riation de nos plaisirs, nous devons maintenir, protéger
leurs autels.

Nicanor s'interrompit tout à coup; il venait de s'apercevoir que ces déclarations de principes ou plutôt d'a-
théisme, produisaient une impression fâcheuse sur Helcias.
Après une pause, il ajouta :

— Si je te donne ma fille, mon devoir sera de te
pousser aux honneurs, de t'introduire à la cour d'Antiochus. Or, dans les fêtes publiques, quand le roi nous
invitera à l'accompagner aux temples des dieux, que
feras-tu ?

— Je suivrai le prince. L'histoire m'offre de tels
exemples : Naaman, le général d'un des anciens monarques de Syrie, quoiqu'il servît le Dieu d'Israël, ac-
compagnait son maître au temple de Remmon. Elisée, un
de nos prophètes les plus renommés, lui avait permis de
tenir cette conduite.

Comprenant qu'il ne réussirait pas à vaincre ce qu'il

appelait les préjugés d'Helcias, Nicanor céda, dans l'espoir
que Stratonice accomplirait l'œuvre qu'il avait tenté inutilement. Le chef syrien avait peut-être quelque raison
de compter sur sa fille : adonnée dès son enfance aux
pratiques de l'idolâtrie, passionnée pour les fêtes brillantes du paganisme, nourrie de la sève des poètes grecs,
elle était bien éloignée de l'austère religion des Israélites.
Elle faisait sa lecture habituelle dans les odes passion-
nées d'Anacréon, et ses idées morales ne dépassaient
point celles du chantre de Téos. D'un esprit aussi sédui-
sant qu'elle était belle, Stratonice était bien plus capable
que son père de pervertir Helcias. Devenue l'épouse de
l'Israélite, elle disposerait d'une influence immense sur
le fils de Jozabad.

Salomith, pressentant les dangers que la vertu de son
frère allait courir, avait essayé d'agir sur Stratonice ;
mais, malgré ses efforts persévérants, elle n'avait pu
lier avec la fille de Nicanor une amitié sérieuse ; sa future
belle-sœur lui échappait sans cesse par sa frivolité ; et,
lorsqu'elle pensait l'avoir amenée sur le terrain d'une
conversation plus grave, Stratonice l'interrompait en riant,
et lui parlait des joies de la jeunesse et des enivrements
de la vie.

Aussi, ce fut avec crainte que Salomith vit approcher
l'heure où le mariage de son frère et de Stratonice devait

se consommer. Ne pouvant s'y opposer, elle se réfugia dans la prière.

Le jour où Nathan pénétra dans la citadelle, on préparait tout pour la célébration des fêtes nuptiales d'Helcias et de Stratonice. L'Israélite se douta que la solennité des noces servirait probablement à couvrir mieux le coup de main que Nicanor projetait contre Modim, et il résolut de quitter sans retard Jérusalem pour prévenir Judas Machabée de se tenir sur ses gardes.

Il sortit donc de la ville un soir, et se dirigea vers la forêt où demeurait Manahem. Le vieillard veillait encore quand Nathan arriva chez lui.

— Que n'es-tu venu quelques instants plus tôt, dit Manahem; Aser est parti; il y a une heure à peine.

— Je le regrette également, répliqua Nathan, car je l'aurais chargé d'un message pour Judas. Mais je tâcherai de voir demain matin le fils aîné de Mathathias.

— Ce sera difficile, peut-être : le vieux lévite touche à ses derniers moments; et ses fils ne le quittent plus. Il doit demain leur donner ses instructions suprêmes et nommer son successeur comme chef des soldats de l'indépendance.

— Il faudra pourtant, n'importe à quel prix, que je me mette en rapport avec Judas. Nicanor, à Jérusalem, prépare une expédition.

—Contre qui?

—Contre Modim. Dans deux jours il marie sa fille Stratonice à Helcias, et je ne serais pas surpris qu'à l'issue des fêtes nuptiales il ne marchât soudain sur la ville des Asmonéens.

— Et Salomith, l'as-tu vue?

— Non; mais je suppose qu'elle désapprouve l'alliance de son frère avec la fille d'un de nos persécuteurs.

— Mosa se montre inquiet au sujet de Salomith; Aser m'a raconté qu'il s'affligeait de n'en point avoir de nouvelles.

— Il y a du sang désormais entre Mosa et Salomith.

— Cependant le fils d'Abiézer n'a point trempé dans le meurtre de Jozabad.

— Il est vrai : mais Mosa et Helcias servent deux causes différentes; un jour ou l'autre ils pourront se trouver face à face dans une bataille. Et puis, le sang versé de part et d'autre, n'est-ce point assez pour les rendre ennemis irréconciliables?

—Que je voudrais qu'on empêchât ces deux nobles jeunes gens de se combattre!

— Helcias veut venger la mort de son père; de plus,

il s'allie à Nicanor ; quant à Mosa, son devoir est de lutter contre les ennemis d'Israël. Bien qu'il m'ait traité cruellement, je lui rendrai cette justice d'affirmer qu'il ne faiblira jamais dans l'accomplissement de sa mission. Fils d'un martyr de la Loi, âme trempée virilement, digne, malgré sa jeunesse, du poste éminent que lui ont confié les Asmonéens, il saurait, s'il le fallait, briser toutes ses espérances de bonheur terrestre plutôt que de forfaire à ses obligations. Il serait capable, si Helcias tombait dans ses mains en un jour de bataille, d'ordonner la mort des fils de Jozabad, comme il ordonna la mienne, en exécution de la Loi rigoureuse mais nécessaire portée par les Machabées.

— Je pense comme toi là-dessus ; aussi, je t'en conjure, dans l'intérêt de Mosa que j'aime à cause de son père à qui m'unissait une vive affection, n'épargne rien pour lui éviter une aussi terrible nécessité.

— Que peut un espion ? soupira Nathan.

— Mais ne serait-il point utile que Mosa connût ton véritable caractère ?

— Judas estime que trop de personnes sont déjà dans la confidence. Du moment que mon rôle serait divulgué, il me serait difficile de rendre les mêmes services.

— Pourtant il n'y a que Judas, Sellum, Aser et moi

qui sachions que tu travailles uniquement au triomphe de notre sainte cause.

— Sans doute, et cela suffit.

Deux heures plus tard, Nathan pénétrait dans Modim sans éveiller les soupçons. Avant le jour, il réussit à voir Aser, qui lui confirma les nouvelles données par Manahem. En retour, Nathan chargea le géant d'informer Judas des desseins de Nicanor.

— Je t'attendrai jusqu'à ce soir, ajouta-t-il, dans la maison ruinée que tu connais, à l'est de la tour des Syriens. Si Judas a des ordres pour moi, tu me les apporteras.

Aser revint trouver Nathan au lieu désigné pour le rendez-vous. Le géant était triste, et Nathan remarqua la trace des larmes sur la mâle figure du visiteur.

— Qu'as-tu donc à m'annoncer? demanda l'espion : comme ton visage est sombre !

— Tous les vrais Israélites de Modim sont dans le deuil en ce moment, répondit Aser : Mathathias n'est plus.

— Du moins, l'illustre vieillard a vu l'aurore de notre liberté.

— Oui, assurément ; mais nous espérions qu'avant de

retourner à ses pères, il présiderait à la purification de la ville sainte et du temple de Dieu.

— Connais-tu les dispositions qu'il a prises avant d'expirer ?

— Judas, que j'ai entretenu, m'a tout raconté. Sentant ses forces défaillir, l'auguste vieillard fit approcher tous ses fils de sa couche funèbre, et il leur dit :

« Maintenant, mes fils, soyez zélateurs de la loi, et » donnez votre vie pour l'alliance de vos pères. Souve- » nez-vous des œuvres de vos ancêtres en leurs géné- » rations, et vous laisserez une grande gloire, un nom » éternel.

» Abraham n'a-t-il pas été trouvé fidèle dans la tenta- » tion, et cela ne lui a-t-il pas été imputé à justice ? Jo- » seph, dans le temps de la détresse, a gardé les com- » mandements, et il est devenu le seigneur de l'Égypte. » Phinées, notre père, brûlant de zèle pour la loi de » Dieu, a reçu la promesse d'un sacerdoce éternel. Josué, » accomplissant la parole, est devenu chef en Israël. » Caleb, rendant témoignage dans l'assemblée du peuple, » a obtenu un héritage dans la terre promise. David, par » sa douceur, a acquis un trône à jamais. Elie, embrasé » de zèle pour la loi, a été enlevé au ciel. Ananias, Aza- » rias, et Misaël, croyant, ont été sauvés des flammes.

» Daniel, à cause de la simplicité de son cœur, a été dé-
» livré de la gueule des lions.

» Ainsi, considérez tout ce qui s'est passé de race en
» race : tous ceux qui espèrent en Dieu ne s'affaiblissent
» point.

» Ne craignez pas les paroles de l'homme pécheur,
» parce que sa gloire sera de la pourriture et des vers.
» Il s'élève aujourd'hui et aura disparu demain, parce
» qu'il sera retourné en poussière et que ces pensées se
» seront évanouies.

» Vous donc, mes fils, soyez forts et agissez vaillam-
» ment pour la loi; car, par elle, vous monterez à la
» gloire.

» Voilà Simon, votre frère; je sais qu'il est l'homme
» de conseil, écoutez-le toujours, et il vous tiendra lieu
» de père.

» Judas Machabée a été fort et vaillant dès sa jeunesse;
» qu'il soit le chef de votre armée, et il conduira la guerre
» contre les nations.

» Vous appellerez à vous tous les observateurs de la loi,
» et vous vengerez votre peuple de ses ennemis. Rendez
» aux nations leur salaire, et soyez attentifs aux précep-
» tes de la loi (1). »

(1) I. Machab., 2.

Tous les fils de Mathathias avaient écouté avec un religieux respect les paroles de leur père mourant. Quand
Mathathias eut terminé, ils étendirent la main vers Jérusalem, jurant d'exécuter fidèlement les prescriptions de
l'illustre lévite et de verser, s'il le fallait, jusqu'à la dernière goutte de leur sang pour le triomphe de la liberté du
culte sacré et de l'indépendance nationale.

Puis ils se prosternèrent, et Mathathias les bénit avec
effusion. Après les avoir embrassés tous, en commençant
par Judas, il expira doucement.

L'heure était grande et solennelle. A peine l'âme du
vieillard auguste s'était-elle exhalée, que Simon, se retournant vers Judas, lui rendit hommage en le proclamant
le chef d'Israël. Tous ses frères l'imitèrent; et l'aîné des
Asmonéens, le plus intrépide de cette famille de héros,
répondit à ces assurances de dévouement en prêtant le serment, la main sur son glaive, de ne le remettre au fourreau qu'après l'affranchissement de l'héritage d'Israël.

S'étant approché de la couche où reposait Mathathias
inanimé, il baisa en pleurant le front serein de son père,
et lui ferma les yeux.

Ensuite il commanda d'introduire les officiers et les
amis de sa famille, réunis dans le vestibule. Quand ils se
furent tous rangés dans la chambre mortuaire, Simon,

prenant la parole, leur annonça les volontés suprêmes exprimées par Mathathias et la désignation faite de Judas pour chef d'Israël. Une acclamation puissante retentit sous les voûtes de la pièce, attestant les sympathies unanimes qu'obtenait le dernier acte du vieillard.

Maintenant les fils de Mathathias vont s'occuper de préparer à leur père de glorieuses funérailles. Malgré la douleur immense que lui cause la mort du vénérable lévite, Judas a déjà pris possession du commandement ; les ordres se donnent en son nom dans la ville de Modim, et ses frères agissent désormais comme ses lieutenants.

Nathan n'avait interrompu ni par un signe, ni par un mot la longue narration d'Aser. Quant le géant eut achevé, il lui demanda :

— As-tu songé à prévenir Judas de ma présence à Modim ?

— Je lui ai transmis les renseignements que tu m'avais donnés.

— Qu'a-t-il résolu ?

— Après un instant de réflexion, il m'a prescrit de t'inviter à rester ici jusqu'à demain matin.

— Lui as-tu fait observer que le temps pressait

Je me suis acquitté exactement de la commission dont tu m'avais chargé.

— Judas n'a rien ajouté de plus ?

— Non, rien.

Nathan demeura quelque temps pensif. Aser le regardait, cherchant à démêler ce qui pouvait préoccuper son ami. Bientôt Nathan, fixant son regard interrogateur sur le géant, reprit :

— Quel jour auront lieu les funérailles de Mathathias ?

— Après demain.

— Le même jour que les noces d'Helcias et de Stratonice, murmura l'espion.

Aser se leva pour prendre congé de Nathan.

— Te reverrai-je ? s'enquit ce dernier.

— Je l'ignore ; cela dépendra des ordres que me donnera Judas.

Et il s'éloigna.

Nathan se promena un instant avec agitation dans la chambre délabrée où il avait reçu la visite d'Aser ; puis il s'étendit dans un coin pour se livrer au repos. Vers le milieu de la nuit, il sortit avec précaution de son refuge dont il parcourut les environs. Des piquets de soldats sillonnaient la ville en silence, et l'Israélite put se convaincre qu'on y faisait bonne garde.

Il rentra un peu avant le jour. A peine avait-il regagné son gîte, qu'une ombre apparut sur le seuil de la chambre dont la porte, composée d'ais vermoulus, ne fermait pas.

— Qui va là ? demanda Nathan d'une voix contenue.

— Machabée, fut-il répondu.

Nathan s'avança au-devant du nocturne visiteur, et quand il l'eut reconnu, il murmura :

— Judas !

— Moi-même.

— Je t'attendais.

— En effet, j'ai à te parler. Ami, que Dieu préserve tes jours, car j'ai besoin de toi.

— Ma vie, mon bras t'appartiennent, chef d'Israël

— Je le sais, et, tu le vois, j'use largement de ton magnanime dévouement. Avant tout, ami, donne-moi ta main, que je la presse dans la mienne.

Nathan obéit, et tout son être frissonna d'orgueil sous l'étreinte du plus vaillant des fils d'Asmon.

— Je n'ai que peu d'instants, reprit Judas. Voici mes instructions. Tu vas retourner à Jérusalem.

— Je suis prêt.

— Tâche d'apprendre si Nicanor espère être appuyé, dans le mouvement qu'il projette contre nous, par Apollonius, gouverneur de Samarie, et par Séron, gouverneur de la Célé-Syrie.

— Je n'omettrai rien pour obtenir ce renseignement.

— Dès que tu auras des informations précises à ce sujet, tu me les transmettras.

— Par quel moyen ?

— Aser ira tous les jours visiter son père dans la forêt.

— Il suffit.

— Voilà tout ce que j'avais à te dire. Maintenant, adieu.

Et le chef illustre pressa Nathan sur son cœur. Celui-ci, en proie à une indicible émotion, ne put que balbutier quelques mots de reconnaissance et d'éternel dévouement.

Les deux Israélites se séparèrent, l'un pour retourner au palais des Asmonéens, et l'autre à Jérusalem.

X

LUTTES GLORIEUSES

Quelques instants après le départ de Nathan, Mosa, chargé de surveiller les remparts et la route de Samarie, inspectait les différents postes établis de distance en distance. Quand il se fut assuré que tout était en bon ordre, le jeune homme franchit l'enceinte de Modim, à la tête d'une petite troupe de cavaliers dont son frère faisait partie.

Les deux frères avaient passé une partie de la nuit à la maison que leur mère et leur sœur habitaient dans la place, depuis plusieurs semaines. Mosa, dont les émissaires déployaient, sous son influence, une activité incomparable, avait appris que des mouvements suspects se produisaient du côté de Sichem, et il voulait pousser dans cette direction une reconnaissance sérieuse, afin de savoir une fois pour toutes à quoi s'en tenir.

A deux lieues de Modim, Mosa rencontra tout à coup, au détour de la voie publique qu'il suivait, deux hommes vêtus en paysans, dont les allures singulières éveillèrent son attention. Il les fit arrêter sur-le-champ et les interrogea.

— Où allez-vous ainsi? leur demanda-t-il.

— Nous montons à Modim, répondit le plus âgé.

— Dans quel but?

— Pour acheter des provisions, répondit le paysan avec une certaine hésitation.

Tu mens? fit Mosa d'un ton sévère : la campagne fournit en abondance à tes pareils de quoi se sustenter. D'ailleurs, Modim, aujourd'hui, n'est point un marché, mais une place de guerre.

Comme le villageois balbutiait, le jeune chef prescrivit à deux de ses soldats de le fouiller, ainsi que son compagnon.

Celui qui avait pris la parole fut trouvé nanti d'une missive adressée à Nicanor et signée d'Apollonius, gouverneur de Samarie. Ce dernier mandait au commandant de la citadelle de Jérusalem qu'il marchait contre les Asmonéens avec une puissante armée, et l'invitait à se porter de son côté sur Modim.

— Misérables ! s'écria Mosa, de quelle nation êtes-vous ?

— Nous sommes Israélites, répondirent les deux prétendus villageois en tremblant.

— Et vous avez eu l'audace de vous vendre aux ennemis de notre peuple ! reprit le chef avec indignation.

— Grâce ! supplièrent les deux émissaires : on nous a forcés d'agir de la sorte.

— Il valait mieux mourir, car, aussi bien, vous ne sauverez pas votre vie, et, avant ce soir, vous subirez le supplice que vous méritez.

— Epargne-nous ? implora le plus âgé, et nous ferons d'importantes révélations.

— Que m'apprendras-tu de plus que cette lettre ?

— Apollonius et Nicanor ont, dans les environs de Modim, des agents très-dangereux, dont nous indiquerons la résidence.

— Parlez d'abord; nous verrons ensuite ce que valent vos renseignements. Avant tout, dites-nous à quelle distance se trouve en ce moment Apollonius?

— Dans deux jours au plus, il arrivera en cette contrée.

— Maintenant, quels sont les affidés du gouverneur syrien, auxquels tu faisais allusion il y a un instant?

— C'est une femme et un nègre.

— Où demeurent-ils?

— Dans une forêt, non loin de Boarith.

— Quel rôle jouent-ils?

— Leur mission est de transmettre à Nicanor les messages d'Apollonius et de Séron. De plus, le nègre s'embusque toutes les nuits aux abords de Modim et tue les éclaireurs israélites que les Asmonéens lancent dans la campagne.

— Ce que tu dis là ne manque pas de vérité, observa Mosa : souvent nous avons tenté, dans ces derniers temps, de surprendre les assassins de nos frères, mais toujours inutilement. Que sais-tu encore?

— Rien autre chose.

Le jeune chef réfléchit un instant; puis, fixant sur les deux émissaires un regard perçant, il ajouta :

— Vous allez nous conduire par le plus court chemin au repaire de la femme qui nous trahit. Est-ce une Israélite?

— Elle appartient à la nation samaritaine.

— Comment se fait-il qu'elle vive seule avec un nègre dans les bois?

— C'est une pythonisse.

Mosa comprit alors qu'il s'agissait de l'horrible femme qu'Aser, au jour de la prise de Modim, avait traînée devant Mathathias. Pensant que peut-être elle était mieux initiée encore que ses deux captifs aux plans de l'ennemi, il ne songea plus qu'à la surprendre au gîte. Ayant fait placer les espions des Syriens au milieu de sa troupe, il se hâta de s'engager sur la route qu'ils indiquèrent. En moins de deux heures, il arriva sur la lisière de la forêt, et suivit le sentier même où nous avons vu Jozabad et Nathan, la veille de l'appel aux armes fait par Mathathias. Il s'arrêta comme eux, à l'endroit où le sentier n'était plus praticable pour les chevaux ; laissant à la tête de ses cavaliers son frère Joakim, il prit les deux émissaires et quatre soldats, et s'achemina sans bruit vers l'antre de la pythonisse.

Le nègre veillait à la porte. Effarouché à l'aspect de ces

visiteurs inattendus, il rentra vivement dans le repaire en poussant un cri sauvage.

Mosa fut bientôt sur le seuil avec ses hommes, dont deux avaient ordre de ne point se séparer des espions, et de les tuer même à la moindre tentative de fuite. Ces précautions prises, le jeune homme s'avança dans la grotte de la sorcière, sans se laisser effrayer par le sifflement des serpents, les cris rauques du nègre, ou les gestes furieux de Maacha, debout, demi-nue et les cheveux épars sur ses épaules de squelette.

La pythonisse tressaillit en reconnaissant Mosa, qu'elle avait aperçu au palais des Asmonéens, et dont elle connaissait le caractère inflexible. Cependant elle essaya de recourir à ses pratiques accoutumées.

— Profanes! s'écria-t-elle, que venez-vous faire ici? Ne bravez pas la colère des puissances du ciel, car vous vous en repentiriez!

— Emparez-vous de cette femme et de ce nègre, ordonna Mosa sans daigner répondre aux menaces de la pythonisse.

Méroé, armé d'une longue pique, fit mine de se défendre; mais Mosa sauta sur lui, le désarma et le garrotta solidement. Le jeune homme, tout frêle qu'il paraissait,

possedait un force musculaire et une souplesse merveil-
leuses.

De son côté, Maacha voulut résister ; elle excitait les
serpents qui l'entouraient, proférait d'horribles imprécations, infectait les agresseurs de son haleine impure, et
appelait à grands cris les Syriens à son secours.

On parvint enfin à la lier, et on l'entraîna au dehors
avec Méroé. Là, elle aperçut les deux émissaires, et comprenant qu'ils avaient guidé ses ennemis jusqu'en son repaire, elle les accabla de malédictions. Ils baissèrent la tête
en silence, n'osant pas expliquer comment ils étaient tombés entre les mains de Mosa.

Le jeune chef ayant rejoint sa troupe, remonta à cheval,
fit placer au milieu de ses hommes la pythonisse, le nègre
et les espions, et reprit la route de Modim.

De retour dans la ville, Mosa déposa Maacha et Méroé
dans la prison publique, où il recommanda de les garder
soigneusement, et se rendit ensuite à la maison des Asmonéens avec les deux émissaires.

Il se présenta sur-le-champ à Judas, lui exposa ce qu'il
avait découvert, et la nécessité pressante de prendre des
mesures pour résister aux Syriens.

— Ces nouvelles sont graves, dit Machabée, et nous
n'avons pas un instant à perdre.

Il interrogea lui-même les espions, et s'étant rendu un compte exact de la situation au moyen des détails qu'il obtint, il appela ses frères afin d'arrêter les mesures nécessaires pour conjurer le danger.

Les émissaires ayant donné tous les renseignements qu'ils possédaient, furent renfermés dans la prison du palais.

Après une courte délibération, Judas déclara qu'il marcherait la nuit suivante au-devant d'Apollonius avec une partie des troupes présentes à Modim ou aux environs.

— Tu seras écrasé? fit observer Simon, si les dires des espions sont vrais.

— Au contraire, je triompherai avec le secours de Dieu. Un de mes affidés les plus sûrs va partir immédiatement pour faire connaître à Apollonius, par la voie qu'il jugera la meilleure, la mort de notre père, ajoutant que nous sommes tous plongés dans un grand deuil, et occupés aux préparatifs des obsèques solennelles de Mathathias. Apollonius, je le sais, devient facilement imprudent; et la nouvelle qu'il apprendra ne l'engagera pas à se garder sur la route, de sorte que j'aurai toute chance de le surprendre.

— Mais, Nicanor, s'il pressent quelque chose, opérera sans doute une diversion qui nous sera funeste.

— Mosa, avec ses hardis cavaliers, s'embusquera sur le chemin de Jérusalem pour arrêter ce chef. Jonathas et Eléazar, avec les soldats qu'il commandent, surveilleront la route de la Célé-Syrie, et résisteront à Séron, au cas où il prendrait aussi fantaisie à ce gouverneur de se mêler de nos affaires. Nous reculerons les funérailles de notre père, et j'ai l'espoir que nous les célèbrerons glorieusement, comme il convient pour Mathathias. Il faut que sur son sépulcre nous puissions déposer les dépouilles de nos ennemis, et prouver ainsi que nous sommes dignes de gouverner Israël.

Les plans de Judas eurent l'approbation complète de ses frères. Simon fut désigné pour commander dans Modim durant l'absence de Machabée.

Quelques heures plus tard, Aser quittait la ville et se rendait à la hutte de Manahem. Il y trouva Nathan, qui se disposait à partir pour Jérusalem.

— Je m'attendais à te rencontrer encore ici, lui dit le géant. Je t'apporte de nouveaux ordres de la part de Judas.

— Que s'est-il passé depuis ce matin?

— Apollonius marche sur Modim, accompagné d'une puissante armée, et Judas va se porter au-devant de lui.

— Alors, il faut tout faire pour retenir Nicanor dans Jérusalem ?

— Tel n'est point le dessein de Machabée ; il désire, au contraire, que le chef syrien sorte de la ville et se décide à opérer une diversion.

— Comment l'amener à cela ?

— C'est toi que Judas charge de cette mission !

— Impossible à moi de pénétrer jusqu'à Nicanor, ou du moins de lui inspirer confiance ; il me regarde comme l'espion des Israélites.

— Voici tes lettres de créance, reprit Aser en remettant à son ami la missive d'Apollonius saisie par Mosa sur les émissaires.

Nathan parcourut l'écrit du regard et comprit ce qu'il avait à faire.

— Il importe, ajouta le géant, que Nicanor agisse dès demain.

— Demain ! il marie sa fille avec Helcias.

— Les funérailles de Mathathias sont ajournées ; il en sera de même pour les fêtes nuptiales de Stratonice.

Je ferai ce que commande Judas. Mais Modim sera dégarni de troupes, et je ne vois pas dans quel intérêt Machabée souhaite la sortie de Nicanor de Jérusalem.

— Mosa se placera en embuscade non loin de Boarith, dans le bois que traverse la route. Au moment où les Syriens passeront, il tombera sur eux, s'il peut les détruire, ou seulement leur faire tout le mal qu'il espère, le chemin de Jérusalem sera ouvert. Alors, si, comme nous y comptons bien, Judas triomphe de son côté, il accourra dans la Ville-Sainte avec son armée victorieuse, et l'œuvre de notre indépendance sera près d'être consommée.

— Il suffit, je pars, dit Nathan en se levant.

— Un instant encore, reprit Aser, Judas souhaite que tu suives Nicanor?

— A quel titre?

— Pour diriger ses mouvements. Si Helcias, le fils de Jozabad, accompagne Nicanor, tu devras surveiller le jeune homme, empêcher qu'il ne rencontre Mosa dans le combat, et, si ce malheur arrivait, faire tout au monde pour que l'un ne tombe pas sous le glaive de l'autre. Le chef des Asmonéens chérit Mosa, et il ne voudrait pas qu'un malheur brisât ses dernières espérances de félicité en rendant impossible son union avec Salomith.

— Je reconnais bien là le cœur de Judas; il a vraiment toutes les délicatesses, jointes aux qualités des grands capitaines. Moi aussi, j'aime Mosa, malgré ses rigueurs envers moi, à cause d'Abièzer, à cause de sa mère et de sa noble sœur, qui ne se consoleraient point de sa mort.

— Judas, également, serait affligé à l'excès, si une telle douleur atteignait Hannah. Parmi toutes les filles d'Israël, il n'en est aucune que l'illustre Asmonéen tienne en plus grande estime. Un jour, on parlait devant lui de la beauté et des éminentes vertus de la sœur de Mosa; il écoutait en silence, mais avec une visible expression de satisfaction ; et, comme on lui insinuait qu'il ne trouverait nulle part une compagne plus digne de lui, il rougit, puis murmura en portant la main sur sa terrible épée :

« — Voilà mon épouse !»

A dater de ce moment, il détourne la conversation quand on l'amène sur ce sujet.

— Lorsqu'un homme tel que Judas agit avec cette héroïque abnégation, exclama Nathan, il a le droit d'exiger d'autrui les plus coûteux sacrifices. !

— Dis plutôt qu'il sait distinguer les âmes qui ressemblent à la sienne?

Un éclair d'orgueil illumina la figure austère de

Nathan ; il pressa la main d'Aser en silence, puis il dit :

— Je remplirai fidèlement les intentions de Judas ; rapporte-lui que tant que j'aurai un souffle de vie, mon ambition sera de l'employer à son service?

Et se tournant vers Manahem, témoin muet de ce dialogue, il prit congé du vieillard, serra une seconde fois la main du géant, et se mit en route aussitôt pour Jérusalem.

Aser, de son côté, ne tarda point à reprendre le chemin de Modim. Tout était en mouvement dans la ville. A l'annonce de l'expédition qui se préparait, non-seulement les hommes enrôlés déjà sous la bannière des Asmonéens accoururent, mais encore des adolescents à peine âgés de seize ans, et jusqu'à des vieillards affaiblis par l'âge, et dont les mains débiles réclamaient des armes.

Touché de cet élan patriotique, Judas choisit les plus vigoureux parmi les vieillards et les jeunes gens ; il leur fit fournir des armes, et les distribua, sous la conduite d'hommes expérimentés, dans les différents postes de la ville.

Ces dispositions lui permirent d'amener un plus grand nombre de soldats, et d'en laisser davantage aussi à Mosa, qui devait opérer sur la route de Jérusalem.

Jonathas et Eléazar quittèrent Modim les premiers, pour se porter en reconnaissance dans la direction de la Célé-Syrie.

Judas s'éloigna à la nuit, par la porte donnant sur le chemin de Samarie. Les vœux de tous les habitants l'accompagnèrent; les femmes, les enfants, imploraient le secours du Ciel en faveur du héros, qu'ils regardaient à juste titre, comme le bouclier de la patrie.

Mosa ne sortit de Modim qu'une heure avant le jour. Le jeune chef guidait une vaillante troupe, pleine de confiance en lui, et animée de son esprit.

Aser, qui avait reçu des instructions particulières de Machabée, chevauchait à côté de Mosa.

Bientôt les cavaliers pénétrèrent dans le bois, et ne s'arrêtèrent qu'à un endroit où les arbres et les broussailles formaient de chaque côté de la route un épais rideau. La solitude régnait de toutes parts ; l'aube commençait seulement à blanchir l'horizon ; de sorte que Mosa et ses hommes purent prendre position sans craindre les regards indiscrets.

Mosa partagea sa troupe en deux corps, et se porta, avec l'un d'eux, entre les arbres de droite, du côté de

Modim, afin d'attaquer le premier l'ennemi au passage.
L'autre corps, sous les ordres de Joakim, se cacha à gau-
che, en avant, du côté de Jérusalem; il devait prendre les
Syriens en queue, dès qu'ils seraient aux prises avec
Mosa.

Le soleil se leva splendide au-dessus des montagnes,
éclairant une nature magnifique. On était au printemps;
les feuilles naissantes des arbres, tout humides de rosée,
s'épanouissaient aux tièdes rayons de l'astre du jour; les
bourgeons, gonflés de sève, éclataient; les premières fleurs
de l'année tapissaient la forêt, émaillant les mousses toujours vertes et l'herbe nouvelle.

Les oiseaux s'éveillaient sous le feuillage et remplissaient les airs de leurs chants, ou voletaient autour de
leurs nids, frêles berceaux où leur progéniture allait
naître.

Les Israélites, sombres et silencieux, attendaient im-
mobiles sur leurs chevaux, sans prêter aucune attention à
cette fête du matin, que célébraient les hôtes de la forêt, et
jusqu'aux insectes tapis sous le gazon. Soldats armés pour
l'affranchissement de leur pays et la revendication des droits
les plus sacrés, ils semblaient respirer le sang à travers les
senteurs de l'atmosphère embaumée. Ils prêtaient l'oreille
aux bruits lointains, espérant que l'ennemi ne tarderait
pas à paraître.

Une partie de la matinée s'écoula. Les chevaux, impatients, ne tenaient plus en place. Mosa, inquiet, ne savait quel parti prendre, quand un galop retentit sur la route de Jérusalem à Modim. Plusieurs cavaliers, lancés en éclaireurs, passèrent rapides comme le vent.

Un instant plus tard, un bruit sourd se produisit du côté de la Ville-Sainte, puis devint plus distinct en se rapprochant, et enfin on put reconnaître l'arrivée imminente d'une troupe nombreuse.

Mosa fit un signe à ses hommes, et se tint prêt à bondir sur le chemin. Son œil perçant plongeait avidement sur la voie, et il vit bientôt reluire au soleil des casques, des cuirasses et des épées. C'était l'ennemi. Nicanor, Helcias et Nathan apparaissaient en tête des Syriens.

A cette vue, le jeune chef, hors de lui, éperonna son cheval, qui s'élança sur la route, faisant face aux soldats d'Antiochus. Aser se précipita sur les pas de Mosa; et, en un clin d'œil, tous les Israélites placés du côté de Modim, furent rangés sur le chemin, barrant le passage à la troupe de Nicanor.

Un formidable cri fut poussé par l'ennemi, et la lutte s'engagea immédiatement. Les Syriens, craignant pour leur chef, l'entourèrent à la hâte, afin de parer les coups terribles qu'on lui adressait. Moza, oubliant qu'il avait en tête le général ennemi, ou plutôt ne voyant qu'Helcias et Nathan, qu'il regardait comme deux traîtres à leur patrie, fit des efforts incroyables pour joindre les deux Israélites.

— Charge-toi d'Helcias? cria-t-il au géant; pour moi, je tiens à châtier de ma main l'exécrable espion qui m'a échappé déjà deux fois !

Aser ne répondit pas ; mais au lieu de pousser contre Helcias et Nathan, il tenta d'entraîner Mosa vers Nicanor. Le jeune homme ne prit pas le change ; frappant sans relâche à droite et à gauche, il s'ouvrit un passage jusqu'aux deux hommes dont il avait juré la mort. Nathan, tout en s'abstenant de se servir de son épée, réussit à se dérober aux coups de Mosa, contre lequel se rua Helcias.

Une lutte terrible commença entre les deux jeunes Israélites, dont les épées se brisèrent en même temps. Ivres de colère l'un et l'autre, ils saisirent leurs piques, et allaient s'enferrer mutuellement, quand Nathan arrêta le bras levé d'Helcias, et Aser, celui de Mosa.

Les deux adversaires, stupéfaits, se retournèrent chacun du côté de son compagnon, comme pour avoir l'explication de ce mouvement simultané ; mais ils n'eurent pas le

temps d'adresser une question ; en ce moment, un hurlement de rage retentit aux derniers rangs de la troupe syrienne : Joakim, s'élançant de son embuscade, attaquait
à son tour.

Etourdis par ce double assaut, et se croyant aux prises
avec des forces supérieures, les Syriens se jetèrent instinctivement dans la forêt, abandonnant leurs chevaux pour
fuir plus facilement. Nicanor, entraînant Helcias et ceux
qui l'entouraient, imita le gros de sa troupe.

Nathan disparut dans un fourré. D'ailleurs, Mosa, dis-
trait par ce mouvement de l'ennemi, ne songeait plus à
poursuivre l'Israélite. Il hésita un instant sur ce qu'il avait
à faire, et pensa d'abord à s'élancer sur la route de Jérusalem, qu'il supposait complétement dégarnie de troupes.
Mais, réfléchissant que l'ennemi, s'il s'apercevait de sa
tentative, pourrait se réformer promptement, le suivre au
galop, et lui intercepter le retour en cas d'échec, il jugea
prudent d'occuper le passage. Seulement, il prescrivit au
corps de Joakim de mettre pied à terre, et de traquer les
Syriens dans la forêt.

Tandis que le jeune chef accomplissait sa mission,
dont le but principal était d'arrêter l'ennemi sur la route
de Modim, Judas rencontrait l'armée d'Apollonius ; l'habile émissaire qu'il avait envoyé devant lui, avait pleinement réussi.

Le gouverneur de Samarie, apprenant la mort de Mathathias, se crut sûr de triompher. Dédaignant de maintenir la discipline parmi ses troupes, il les laissa marcher en désordre et comme à la débandade. La plupart de ses soldats, dispersés dans la campagne, s'occupaient de piller les bourgades qu'ils traversaient ou de rançonner les paysans.

Apollonius, fatigué de la route, se faisait porter dans une litière. Ses officiers, presque tous dépouillés de leur armure, imitaient la mollesse du chef.

Soudain, une troupe nombreuse de cavaliers, soulevant un nuage de poussière, apparut sur la voie qui menait à Modim. Au premier moment, Apollonius crut que c'étaient des soldats syriens venant au-devant de lui ; mais il ne fut pas longtemps à reconnaître son erreur. Le son de la trompette retentit, jetant au vent ses notes belliqueuses, et au même instant on distingua l'étendard glorieux des Machabées.

— On nous a trompés, s'écria le général syrien en sautant à bas de sa litière ; que les rangs se forment au plus vite ; apprenons à ces insensés qu'ils ont tort de se jouer de nous !

Mais déjà la lutte, ou plutôt le carnage, était commencé. Les Israélites, guidés par leur chef héroïque, passèrent comme un tourbillon à travers l'armée d'Apollonius, semant de cadavres leur chemin ; puis ils revinrent, toujours compacts, frappant avec fureur.

Le sang coulait à flots ; les morts ennemis s'entassaient ; le désordre devenait à chaque minute plus considérable ; Judas animait les siens du geste, de l'exemple et de la voix. Les sons des trompettes israélites éclataient en redoutables fanfar s.

Le fils de Mathathias cherchait du regard, dans la mêlée, le gouverneur de Samarie ; il l'àperçut enfin, piqua jusqu'à lui, tua les soldats qui s'efforçaient de le défendre, et le perça lui-même de son épée. Le glaive du vaillant Asmonéen se brisa dans la blessure mortelle ; mais, saisissant la longue épée d'Apollonius, à la lame finement trempée, et dont la poignée brillait d'or et de pierres précieuses, il s'écria :

— Voilà ma part du butin ; voilà l'arme qui remplacera désormais la mienne !

Une grande partie des troupes syriennes resta sur le champ de bataille. Le reste prit la fuite.

Avant la fin du jour, Judas et ses troupes, chargés des dépouilles ennemies, rentraient dans Modim.

Mosa revint le soir seulement, après avoir tué beaucoup de monde à Nicanor, et s'être assuré que le commandant de Jérusalem ne pouvait songer pour le moment à se porter sur la ville.

Tel fut le prélude des funérailles de Mathathias. Elles furent célébrées le lendemain, la raison qui les avait d'abord fait ajourner n'existant plus.

Judas conduisit le deuil solennel de son père, à la tête des Israélites victorieux, qui déposèrent sur le sépulcre de l'illustre lévite les trophées conquis sur les Syriens.

A peine les obsèques du chef des Asmonéens étaient-elles terminées, qu'il fallut songer à de nouveaux combats. Séron, gouverneur de la Célé-Syrie, ayant appris la défaite d'Apollonius, qu'il jalousait, se flatta d'être plus heureux que son rival. Il assembla une armée formidable, à laquelle il adressa ces paroles présomptueuses :

— Je veux me faire un nom, et obtenir dans le royaume une gloire immortelle. Je prévaudrai sur Judas et sur tous ceux qui méprisent la parole du roi !

Et il se mit en marche.

Mais les Israélites, exaltés par leur récente victoire, et pleins d'une confiance inexprimable dans leur chef, ne s'effrayèrent point des menaces de Séron. Judas, qui connaissait l'incapacité et la vanité de son ennemi, ne prit avec lui

qu'un petit nombre de soldats, laissant le reste à la garde
de la ville, et encore les hommes qu'il conduisait avaient-
ils jeûné ce jour-là.

Cependant les Israélites, qui étaient partis avec enthousiasme, parurent surpris à la vue de la multitude de Syriens qui s'avançait; ils dirent à leur général :

— Comment pourrons-nous, en si petit nombre, combattre une armée si grande et si forte, fatigués comme nous
le sommes du jeûne d'aujourd'hui ?

Judas répliqua d'un air serein :

— Il est facile à un petit nombre de vaincre cette foule,
et, devant le Dieu du ciel, il n'y a point de différence à
triompher par beaucoup que par peu ; car la victoire n'est
point dans la puissance des armées, mais dans la force qui
vient d'en haut. Ils s'avancent contre nous avec une multitude orgueilleuse et superbe pour nous perdre, nous, nos
femmes et nos enfants, et nous déposséder. Mais nous,
nous combattons pour nos âmes et pour nos lois. Le Seigneur lui-même les brisera devant notre face. Vous donc,
ne les craignez point.

Il dit, et s'élançant brusquement sur Séron, il le défit,
lui tua huit cents hommes, mit en déroute le reste, qui
s'enfuit au pays des Philistins.

Par ces victoires répétées, Judas inspira une terreur salutaire aux peuples voisins, et on s'entretenait partout de ses exploits guerriers.

Lorsqu'il apprit ces deux défaites, Antiochus entra en fureur. Il assembla aussitôt toutes ses forces; mais quand il s'agit de les payer, il ne trouva plus assez d'argent dans ses coffres; il les avait épuisés dans de folles dépenses.

De plus, de mauvaises nouvelles lui arrivaient de l'orient et du nord. Au nord, Artaxias, roi d'Arménie, s'était révolté; à l'orient, le roi de Perse ne lui payait plus régulièrement ses taxes. Il résolut de marcher lui-même de ce côté, avec la moitié de ses forces, pour dompter le rebelle, lever des tributs et amasser les trésors.

Il établit Lysias, prince de la maison royale, lieutenant du royaume, depuis l'Euphrate jusqu'au Nil; lui confia l'éducation d'Antiochus, son fils, qui n'avait encore que sept ans, avec la moitié de son armée et de ses éléphants, pour exterminer jusqu'au souvenir des Juifs, et distribuer leur terre à des étrangers.

Lysias, investi de l'autorité souveraine, nomma trois généraux parmi les amis du roi : Ptolémée, fils de Dorymène, Nicanor et Gorgias, et leur confia une armée de quarante mille fantassins et de sept mille cavaliers.

Ils vinrent camper dans les plaines d'Emmaüs. Nicanor, malgré l'échec qu'il avait essuyé dans les environs
de Boarith, la veille des funérailles de Mathathias, avait
célébré le lendemain les noces de sa fille, Stratonice,
avec Helcias. Désireux de tirer vengeance de cette humiliation, il avait juré, en se voyant à la tête de forces si
considérables, de payer deux mille talents d'or que le
roi devait aux romains, avec l'argent qu'il comptait
tirer de la vente des Israélites qui tomberaient entre ses
mains.

Il envoya même vers les villes maritimes, pour inviter
les marchands à venir en acheter, promettant de leur en
donner quatre-vingt-dix pour un talent.

Machabée, sans se laisser intimider par ces formidables préparatifs et toutes ces menaces, rassembla ses
soldats et anima leur courage en leur rappelant la puissance de l'Eternel, qui pouvait détruire d'un seul regard
non-seulement ceux qui venaient les attaquer, mais encore le monde entier. Il les fit également souvenir des secours que Dieu avait autrefois accordés à leurs pères, en
différentes circonstances plus critiques les unes que les
autres.

Judas n'avait guère avec lui que six mille hommes,
mais c'étaient tous des hommes résolus, prêts à mou-

rir pour les lois et la patrie , et commandés par des officiers très-intrépides , tels que Jonathas, Simon, Eléazar et Mosa. Il les partagea en plusieurs corps, se mit à la tête du premier, et confia les autres à ses plus illustres lieutenants. Il les mena à Maspha, vis-à-vis de Jérusalem, parce qu'autrefois, avant la construction du temple, ce lieu avait été consacré par les prières d'Israël.

Les soldats de Machabée jeûnèrent ce jour-là, se revêtirent de cilices, se couvrirent la tête de cendres et déchirèrent leurs vêtements. Ensuite, ils ouvrirent le livre de la loi, où les nations cherchaient à découvrir quelque similitude de leurs simulacres.

Enfin, on apporta les vêtements sacerdotaux, les prémices et les dimes, comme pour suppléer aux sacrifices qui ne pouvaient être offerts hors de Jérusalem ; on appela les Nazaréens qui avaient accompli leurs jours, et qui étaient obligés de s'abstenir de se présenter au temple, demeuré aux mains des gentils.

Alors, les soldats de Machabée, élevant la voix, s'écrièrent :

— Que ferons-nous à ceux-ci, et où les conduirons-nous? Votre sanctuaire, Seigneur, a été souillé et foulé aux pieds. Vos prêtres sont dans les larmes et l'humiliation. Et voilà que les nations se sont assemblées pour nous perdre : vous savez ce qu'elles méditent contre nous. Comment pourrons-nous subsister devant leur face, si vous, ô Dieu! ne nous assistez pas?

Après l'accomplissement de ces actes religieux, Judas établit des chefs du peuple, des commandants de mille hommes, de cent, de cinquante et de dix.

Quelque petite que fût son armée, il ne laissa point de publier, comme l'ordonnait la loi, que tous ceux qui avaient bâti une nouvelle maison, planté une nouvelle vigne, épousé récemment une femme, ou étaient d'un naturel timide, pouvaient s'en retourner chez eux.

Par suite de cette proclamation, ses six mille hommes se trouvèrent réduits à trois mille ; encore n'avaient-ils ni boucliers, ni épées, tels qu'ils les eussent voulus.

L'héroïque Asmonéen ne s'en alla pas moins camper en face de l'ennemi, disant aux siens :

— Prenez vos armes, soyez braves, tenez-vous prêts pour le matin, afin de combattre ces nations assemblées pour nous perdre, nous et notre sanctuaire; car il vaut mieux pour nous mourir l'épée à la main, que de voir les maux de notre peuple? Arrive sur nous, du reste, ce que le Ciel a résolu !

Ensuite, Eléazar leur ayant lu le livre saint, le général leur donna pour mot d'ordre : *Le secours de Dieu*, et se plaça au premier rang.

Vers le soir, un homme se glissa dans le camp de Judas, pénétra jusqu'à la tente du chef, et demanda à voir immédiatement Machabée. Judas était seul en ce moment; il ordonna d'introduire le visiteur.

C'était Nathan.

— Que sais-tu ? interrogea vivement Machabée.

— Gorgias, avec cinq mille fantassins et mille cavaliers d'élite, se prépare à vous surprendre pendant la nuit prochaine.

— Ah! vraiment?

— Le renseignement que je vous transmets est parfaitement exact.

— Par où Gorgias compte-il passer?

— Il fera un détour par les montagnes, afin de n'être pas découvert par vos éclaireurs.

— Eh bien! je lui rendrai la pareille, fit Judas en souriant : tu entendras parler de nous demain matin? Cependant, ami, retourne vers les Syriens, surveille leurs mouvements, et s'il y avait quelque chose de nouveau, tu m'avertirais?

— Où vous trouverai-je, cette nuit, si j'avais besoin de vous voir ?

— Je vais marcher sur l'autre partie de l'armée syrienne ; je suivrai la voie du torrent.

Nathan, ayant reçu ces indications, sortit de la tente de Judas et quitta le camp à la nuit.

Une heure plus tard, Machabée partait à la tête de ses troupes. Il chemina dans le plus grand silence jusqu'au campement des Syriens, qu'il surprit ; il les mit en déroute et leur tua trois mille hommes.

Revenu de la poursuite, il ne permit point aux siens de ramasser les dépouilles avant d'avoir vaincu Gorgias. Celui-ci, étant arrivé au camp de Judas, et n'y trouvant personne, crut que les Israélites fuyaient devant lui ; mais lorsqu'il fit jour, il aperçut, du haut d'une montagne, la fumée qui s'élevait de son propre camp, et reconnut qu'il avait été brûlé. En même temps, Machabée s'avançait avec sa troupe victorieuse. A cet aspect, les Syriens, saisis de frayeur, s'enfuirent dans la plaine des Philistins. Neuf mille soldats d'Antiochus périrent en cette circonstance, et la plupart de ceux qui se sauvèrent étaient blessés ou estropiés.

La défaite de l'armée syrienne fut bientôt annoncée à

Lysias par les fuyards, au nombre desquels était Nicanor lui-même.

La route de Jérusalem était ouverte désormais à Judas, et il résolut de pénétrer dans la Ville-Sainte.

XI

A JÉRUSALEM

De nombreux Israélites vinrent rejoindre Judas après sa victoire. Mosa, qui avait pris une très-grande part à la défaite des Syriens, reçut le gouvernement de la ville de Modim, car les Asmonéens, maîtres de la province, songeaient à couronner l'œuvre de la délivrance par l'occupation de Jérusalem.

Helcias, resté dans la cité-sainte, commandait la garnison de la forteresse. Le triomphe de Judas, qui semblait devoir décourager le fils de Jozabad, lui procura de nouveaux soldats. Les Israélites prévaricateurs, sachant qu'ils n'avaient aucune pitié à attendre de la part des Asmonéens, se réfugièrent en foule dans la citadelle, résolus de s'y défendre jusqu'à la mort.

Quand Judas et ses troupes victorieuses rentrèrent dans Modim, chargés de butin, tous les habitants de la ville allèrent au-devant d'eux, les acclamant comme les libérateurs de la patrie.

Mosa et Joakim furent reçus avec des transports de joie par leur mère et leur sœur. Les deux fils d'Abiézer s'étaient montrés dignes de leur père, et tout Israël rendait justice à leur héroïque intrépidité.

Joakim jouissait pleinement des marques de tendresse qu'on lui prodiguait au foyer maternel ; prêt à de nouvelles luttes, si les circonstances l'exigeaient, il se reposait sans inquiétude des travaux passés, envisageant l'avenir avec l'insouciance de la jeunesse. En compagnie d'Éléazar, le plus jeune des frères de Machabée, il se rendait fréquemment à Esron, où il se livrait au plaisir de la chasse. Les deux nobles jeunes hommes, dont les caractères s'harmonisaient parfaitement, s'étaient juré une amitié éternelle, et trouvaient dans leur mutuelle affec-

tion un charme qui suffisait à leurs cœurs simples et inno-
cents.

Mosa était loin de posséder le calme de son frère. Malgré le renom qu'il avait conquis dans la guerre et sur les
champs de bataille; malgré la situation glorieuse que lui
avaient faite les Asmonéens, il paraissait ordinairement
sombre et livré à une noire mélancolie. En vain sa mère
s'efforçait de le distraire des pensées affligeantes qui semblaient l'obséder, il ne répondait ni aux caresses de Judith,
ni aux prières qu'elle lui adressait de verser son âme dans
la sienne.

La matrone comprit facilement la cause de la tristesse
de son fils, et elle se décida un jour à aborder nettement
la question. Choisissant le moment où Mosa se trouvait seul
avec elle, Judith lui prit les mains, et fixant sur lui son
regard rempli de sollicitude, elle lui dit avec un accent de
doux reproche :

— Tu souffres, et tu refuses de me parler de ta peine.

Le jeune homme secoua la tête avec découragement.

N'as-tu donc plus confiance en moi? ajouta la veuve
d'Abiézer.

Ah! vous ne le croyez pas, mère chérie, répondit
Mosa.

— Eh bien, alors, ne refuse plus de me confier la cause de ton chagrin.

— Ne la devinez-vous pas?

— Il s'agit de Salomith?

— Hélas! elle est perdue pour moi.

— Pourquoi ces désolantes pensées?

— Une barrière infranchissable me sépare désormais de la sœur d'Helcias. Le fils de Jozabad et moi, nous combattons dans des camps opposés; et si jamais le frère de Salomith tombe entre nos mains, il mourra comme traître à nos lois et à la patrie. Son sang, coulant entre Salomith et moi, nous interdira pour toujours de songer à l'alliance projetée autrefois.

— Si Helcias doit périr, ce ne sera point sous tes coups qu'il tombera.

— Qui sait? Déjà nous nous sommes trouvés aux prises dans la mêlée, et... nous avons failli nous transpercer mutuellement.

Mosa prononça ces derniers mots en hésitant; le souvenir qu'il évoquait, lui rappelait qu'Aser lui avait mal expliqué son intervention; sommé devant Judas de rendre compte de sa conduite, le géant s'était troublé, et Machabée, venant à son aide, avait déclaré qu'il avait agi sagement. Cette circonstance, revenant à la mémoire du jeune homme, le plongea dans une sorte de rêverie.

Judith l'en tira en disant :

— Dieu écartera, je l'espère, le malheur que tu redoutes. D'ailleurs la guerre tire à sa fin. Peut-être les Syriens n'oseront-ils plus s'exposer à des désastres pareils à ceux qu'ils ont subis.

— Notre œuvre est loin d'être achevée encore : une seule province de la Judée est affranchie ; Jérusalem elle-même subit toujours l'odieuse présence de l'étranger. Bientôt, probablement, nous monterons à la ville sainte pour la purifier et l'affranchir. Alors il me faudra combattre Helcias.

— Mon fils, notre devoir est de tout remettre entre les mains de Dieu ; mais, de grâce, garde-toi de tomber dans le découragement, père de tous les maux

— Aucune considération humaine ne m'arrêtera dans l'accomplissement de ma mission, déclara Mosa avec énergie. Je puis souffrir cruellement, mais mon cœur ne défaillira pas.

Judith sentit qu'il fallait laisser au temps, aux événements, au ciel, le soin de consoler le jeune homme ; elle changea de conversation, et demanda ce qu'étaient devenus Maacha et le nègre.

— Ils sont encore dans la prison de Modim : Judas a jugé bon d'ajourner leur supplice, quoique leur espionnage soit avéré.

— Et Nathan, l'as-tu revu ?

— Oui, durant le combat que j'ai livré le lendemain de la mort de Mathathias, sur la route de Jérusalem. Tandis qu'Aser me retenait le bras pour m'empêcher de frapper Helcias , Nathan agissait de même à l'égard du fils de Jozabad. J'ai beau réfléchir à cela, je ne puis m'expliquer ce fait étrange. Si je n'étais sûr de la fidélité d'Aser, je croirais qu'il s'entendait avec l'espion.

— C'est singulier, en effet, murmura la matrone.

Le jour qui suivit cet entretien, Judas ayant rassemblé son armée, lui dit :

— Maintenant que nos ennemis sont vaincus, allons purifier les saints lieux et les dédier de nouveau.

Les soldats et le peuple accueillirent avec des transports d'allégresse cette proposition. Les femmes, les enfants, les vieillards, demandèrent à suivre les troupes à Jérusalem pour assister à la résurrection du culte national et à la récupération de la glorieuse capitale. Judith et Hannah se présentèrent des premières pour ce pèlerinage sacré. Il tardait à tous les vrais Israélites de revoir le temple rebâti au retour de la captivité, et de prendre part aux sacrifices interrompus par l'impiété de l'étranger.

Le surlendemain, Judas, paré des mêmes armes qu'il portait lors de la dernière défaite des Syriens, prit place à la tête de ses vaillants soldats; ses frères l'entouraient, ainsi que Mosa et Joakim. Les troupes s'avancèrent en bel ordre, accompagnées d'une partie de la population de Modim, et ils arrivèrent à la montagne de Sion vers le milieu du jour.

Mais là, un spectacle lamentable les attendait : les lieux saints étaient désert, l'autel profané, les portes du temple brûlées; des ronces et des arbrisseaux croissaient dans le parvis comme dans les bois, et les appartements attenant au sanctuaire étaient détruits.

A cette vue, les Israélites déchirèrent leurs vêtements, se couvrirent la tête de cendres, et menèrent un grand deuil.

Alors Judas désigna une troupe d'élite, à la tête de laquelle il mit Mosa, pour tenir en échec la garnison de la forteresse, et l'empêcher de faire aucune sortie pendant qu'on purifierait le temple.

Pour cette purification, il choisit des prêtres sans tache, et fidèles observateurs de la loi de Dieu. Ils nettoyèrent le sanctuaire, abattirent les autels que les païens y avaient élevés, et emportèrent les pierres dans un lieu impur.

Comme l'autel des holocaustes avait été profané, on délibéra sur ce qu'on en ferait, et on résolut de le détruire, mais d'en placer les pierres sur la montagne du temple jusqu'à ce qu'un prophète vînt déclarer où il les faudrait transporter. On prit des pierres nouvelles, selon la Loi, et on construisit un autel nouveau, semblable au premier.

On rebâtit également le sanctuaire et ce qui était dans l'intérieur du temple; on fabriqua d'autres vases sacrés; un nouvel autel des parfums; un nouveau chandelier d'or à sept branches; une nouvelle table pour les pains de proposition, un nouveau voile pour mettre devant le Saint des Saints.

Lorsque tout fut prêt, on suspendit les voiles; on alluma les sept lampes du chandelier avec du feu nouveau tiré d'une pierre, et on mit les pains sur la table sacrée.

Mais il n'y avait point là de souverain pontife pour accomplir les rites solennels du sacrifice. Ménélaüs, qui portait ce titre, était un intrus, parvenu à prix d'argent au sommet de la hiérarchie sacerdotale; il avait permis la profanation du temple, favorisé toutes les abominations commises par l'étranger, renié le culte véritable pour pactiser avec l'idolâtrie. Absent de Jérusalem, il vivait parmi les Syriens, et les excitait contre les Israélites.

La famille de Joarib possédait bien un homme qui avait accès à l'autel avant le chef des Asmonéens ; il se nommait Alcime ; mais il s'était rendu indigne de la succession d'Aaron par sa prévarication.

La suprême dignité du pontificat se trouvait donc vacante par le fait des circonstances. Le peuple ne fut pas longtemps incertain : tout d'une voix, il appela Judas Machabée à revêtir la robe et la tiare des pontifes, et à unir dans ses mains glorieuses l'autorité spirituelle et la puissance civile.

L'illustre Asmonéen, voyant l'appel de Dieu dans l'acclamation du peuple, déposa ses armes et son habit guerrier, et reçut la consécration prescrite par la loi de Moïse.

Le matin du jour désigné pour ce grand acte, l'armée et une foule immense se pressaient aux abords du temple. Bientôt Judas parut, entouré de ses frères et des lévites présents à Jérusalem. Le plus ancien des prêtres s'approcha de Machabée, qui se tenait à l'entrée de la maison de Dieu ; il le revêtit de la tunique de lin, de la robe d'hyacinthe , de l'éphod et du rational ; il le ceignit de la riche ceinture des grands prêtres , répandit sur sa tête l'huile de la consécration , puis lui mit la tiare ornée de la lame d'or.

A la vue du nouveau pontife , le peuple fut saisi d'admiration et de respect : une majesté souveraine resplendissait dans toute la personne de Machabée ; jamais il n'avait paru si beau et si imposant ; les sentiments religieux qui l'animaient, tempéraient la fierté de son regard ; ses frères eux-mêmes le contemplaient avec orgueil dans cet auguste appareil.

Judas alla d'abord à l'autel des parfums , sur lequel il fit fumer l'encens ; ensuite il se dirigea vers l'autel des holocaustes où il offrit le sacrifice si longtemps interrompu.

La dédicace de l'autel nouveau s'accomplit au bruit des cantiques , des harpes , des cinnors et des cymbales. Tout le peuple, la face prosternée contre terre , adorait Jéhovah , le Dieu d'Israël , le bénissait et le remerciait d'avoir sauvé la nation.

Les fêtes durèrent huit jours, et Judas Machabée décida qu'on en célèbrerait l'anniversaire chaque année.

Les Israélites, victorieux, ne demeurèrent pas longtemps en repos. Les diverses nations , qui entouraient la Judée , s'attendaient à la ruine de leurs voisins, toujours détestés, et à une extension de leur propre territoire. Ayant appris l'entrée des Asmonéens dans Jérusalem, elles résolurent d'exterminer ceux de la race de Jacob qui résidaient parmi elles.

A ces nouvelles, Judas se multiplia pour secourir ses frères. Se mettant immédiatement à la tête de ses soldats, il marcha contre Timothée et Bacchide, qui commandaient au - delà du Jourdain, leur tua vingt mille hommes, se rendit maître de plusieurs places fortes, et fit un butin immense qu'il partagea également entre les malades, les orphelins, les veuves et les vieillards. Les armes des ennemis furent mises en réserve dans les lieux fortifiés, et le reste des dépouilles transporté à Jérusalem.

Judas se porta ensuite contre les Iduméens et les Ammonites, et, après de brillantes victoires, revint en Judée.

A peine y était-il, que les Juifs de Galaad lui écrivirent pour réclamer son secours, parce que les peuplades du pays voulaient les détruire, que déjà elles avaient tué plus de mille hommes, et emmené en captivité leurs femmes et leurs enfants.

En même temps arrivèrent d'autres messagers de la Ga-

lilée, les habits déchirés, apportant de semblables nouvelles, et racontant que les étrangers remplissaient leur
pays et menaçaient de les perdre.

Machabée, confiant aussitôt trois mille hommes d'élite
à son frère Simon, lui donna l'ordre de partir pour la Galilée, tandis qu'il marcherait lui-même, avec Jonathas,
pour délivrer les habitants de Galaad.

Simon s'acquitta de sa mission avec un succès complet;
il battit plusieurs fois les ennemis, leur tua trois mille
hommes, poursuivit le reste jusqu'à la porte de Ptolémaïs,
emporta leurs dépouilles, et emmena avec lui les Juifs
de la Galilée, afin de les soustraire à de nouveaux dangers.

Judas Machabée, avec son frère Jonathas et huit mille
hommes, passa le Jourdain; il prit la ville et la citadelle de Bosra, les villes de Maspha, Casbon, Mageth
et autres de Galaad; il battit une seconde fois Timothée
et les Arabes, emporta d'assaut les villes de Carnaïm et
d'Ephron; puis il assembla tous les Israélites du pays,
et les amena sains et saufs dans les environs de Jéru-
lem.

Pendant ces expéditions, Mosa, son frère et Eléazar,
le plus jeune des Asmonéens, demeurèrent dans la ville
sainte avec une troupe de soldats choisis, parmi lesquels

le géant Aser ; ils avaient pour mission de contenir la garni-
nison qui occupait la citadelle, et de l'empêcher de communiquer avec la Syrie.

Helcias, devenu le gendre de Nicanor, et investi par ce
chef du commandement de la forteresse, ne tarda pas à se
trouver aux prises avec de graves difficultés. Israélite jusque-là fidèle à la loi, frère d'une jeune fille au cœur pieux
et dévoué au culte divin, il était en même temps le mari
d'une femme attachée à l'idolâtrie par le fond des entrailles. De là pour Helcias une source d'épreuves, de chagrins
et d'ennuis.

A la nouvelle du triomphe des Asmonéens et de la fuite
de son père, Stratonice, un moment consternée, se ras-
sura bientôt. Exaspérée des succès des Israélites, elle fit
entendre des blasphèmes contre leur temple et contre leur
Dieu ; elle pressa le fils de Jozabad de sortir de la citadelle
avant l'arrivée des vainqueurs, et de consommer la destruc-
tion du sanctuaire. Helcias repoussa avec horreur ces propositions impies.

Alors, Stratonice se tourna vers les officiers de la garnison, tous Syriens, et remplis de haine pour les Israélites ; elle leur représenta que Jérusalem n'était le but
des aspirations des Juifs qu'à cause du temple, et que
cet édifice ruiné, ils s'inquiéteraient moins de cette
ville.

Mais les plus sages et les plus expérimentés déclarèrent que pareille tentative serait une imprudence dans
les circonstances actuelles; que le renversement du
temple porterait au comble la fureur des Asmonéens,
et que, d'ailleurs, les Israélites de la ville pourraient se
soulever.

Stratonice, forcée de céder, résolut de travailler sans
relâche à la perversion de son mari; elle lui rappelait
avec insistance la mort de Jozabad, l'agrandissement
des Asmonéens, les espérances hautement avouées des
rebelles de supplanter partout en Judée la domination
d'Antiochus. Helcias, placé entre sa conscience et l'a-
mour qu'il éprouvait pour sa femme, devenait chaque
jour plus sombre. De son côté, Salomith, témoin souvent des obsessions de Stratonice, saisissait toutes les
occasion qui s'offraient à elle de combattre l'influence
de la fille de Nicanor. Celle-ci, persuadée que les résistances obstinées d'Helcias devaient être imputées à Salomith, conçut pour elle une haine qui se manifestait fréquemment, même en public. Dès lors, elle exerça autour
de son mari une surveillance de tous les instants, afin
que le frère et la sœur ne se trouvassent jamais seuls
ensemble. C'était pour la Syrienne une joie sans égale
d'insulter au culte des Israélites et d'outrager leurs
croyances.

A la fin, Salomith, excédée de ces invectives journa-
lières dirigées contre sa religion, demanda à quitter la
forteresse. Helcias, étonné, s'enquit du lieu où elle se ré-
fugierait.

— Le temple offre un asile aux vierges, répondit-
elle.

— Mais il est aux mains de nos ennemis.

— Les adorateurs du vrai Dieu sont nos frères.

— Ils combattent l'autorité légitime.

— Est-ce bien sûr?

— En douterais-tu? fit le jeune chef avec amertume.

— J'avoue que je suis fortement ébranlée au sujet de la
bonté de notre cause : les lévites, les prêtres, les hommes les plus vertueux que nous connaissions, ont adhéré
au parti des Asmonéens, que Dieu lui-même semble favo-
riser par d'éclatantes victoires.

— Le succès n'absout pas le crime.

— Sans doute; mais il faudrait prouver qu'il est contraire à la loi divine de combattre l'étranger envahis-
seur, l'impie qui a souillé le temple, aboli nos fêtes
religieuses, persécuté et mis à mort les Israélites les
plus zélés pour notre culte. Considère enfin que les

Syriens ont profané jusqu'au siége auguste d'Aaron, en donnant pour successeur à nos pontifes un misérable qui ne craint point d'applaudir aux abominations de l'idolâtrie.

Helcias devint pensif. Il sentait la vérité des réflexions de sa sœur; mais ses idées préconçues, son alliance avec Nicanor, le souvenir de sa femme, tout cela luttait dans son esprit contre l'évidence inéluctable des faits. Incapable d'une résolution généreuse, il finit par adopter un moyen terme, une sorte de compromis.

— Tu es libre de partir, déclara-t-il à Salomith; mais, auparavant, je désire m'entendre avec Mosa pour sauvegarder ta sûreté personnelle.

— Mosa ne fait point la guerre aux femmes, répondit la jeune fille.

— Pourtant, tu as été sa captive. Laisse-moi donc négocier cette affaire?

Salomith consentit. Au sortir de cette entrevue avec sa sœur, Helcias vit Stratonice, à qui il raconta ce qui venait de se passer. la Syrienne demeura un instant silencieuse; son visage blémit et rougit tour à tour, révélant ainsi les sentiments qui se remuaient dans son cœur. Le jeune chef suivait avec anxiété les mouvements qui se produisaient sur les traits de sa compagne, sans l'aveu de laquelle il n'osait prendre une détermination. Enfin , la fille de Nicanor parla.

— Je n'ai aucune objection, dit-elle d'une voix lente, a ce que tu accordes ce que ta sœur réclame, pourvu que tu y mettes certaines conditions.

— Lesquelles ?

— Il est impossible que tu tiennes longtemps encore dans la citadelle, si tu n'es pas secouru ; il faut donc de toute nécessité que tu députes quelqu'un à Antioche.

— Nous sommes bloqués par les rebelles : comment tromper leur vigilance ?

— Le moyen est bien simple : envoie un parlementaire à Mosa, le chef des Israélites ; demande-lui de permettre que Salomith se retire de la forteresse en réclamant la même faveur pour moi.

— Pour toi ?

— Sans doute ; quel inconvénient y vois-tu ?

— Quoi ! tu m'abandonnerais !

— Ce sera pour assurer ton salut. Du reste, la place d'une femme n'est point au milieu des soldats, et si tu m'aimes sincèrement, comme je le crois, tu dois désirer que je trouve un séjour plus convenable. Maintenant j'ai exposé les conditions auxquelles, à mon avis, tu pourrais autoriser ta sœur à s'éloigner de la forteresse.

Helcias, que ce plan navrait de douleur, à cause de l'a-
mour ardent qu'il portait à Stratonice et de l'isolement
complet auquel il allait être livré, se résigna cependant,
bien qu'avec un regret extrême. Quant à la fille de Nicanor, en formulant le vœu de partir pour Antioche, elle
obéissait bien moins au désir d'être utile à son mari qu'à
celui d'échapper à la vie monotone qu'il lui fallait mener
dans la citadelle. Nature frivole, ne respirant qu'après les
joies de la vie, ne pouvant se passer de fêtes et de distrac-
tions mondaines, elle sentait s'évanouir déjà le sentiment
qui l'avait portée vers Helcias. Du moment que son mari
était hors d'état de lui procurer les jouissances variées
qu'elle estimait par-dessus tout, Stratonice ne le prisait
plus que médiocrement.

Le soir même, Helcias envoya vers Mosa. Le jeune chef
accéda aux propositions de son adversaire, promit un sauf-
conduit pour Stratonice, et s'engagea à donner à Salomith
une retraite dans l'un des appartements du temple, où elle
serait sous la garde de plusieurs prêtres âgés et véné-
rables.

Le lendemain matin, au moment de se séparer de sa
sœur, Helcias lui adressa quelques recommandations.

— Souviens-toi, lui dit-il, que ceux au milieu desquels
tu choisis un asile, sont les ennemis de ton frère.

— Je me place sous la protection du Dieu de nos ancêtres, répliqua Salomith : son temple est un terrain neutre.

— Soit ; cependant n'oublie pas que notre malheureux père est tombé sous le fer des Asmonéen

— Celui qui l'a frappé n'est plus.

— Il est vrai ; mais ses fils commandent à sa place, et Mosa lui-même...

— Mosa n'a point été le complice du meurtre ; il agit, comme toi, conformément aux inspirations de sa conscience.

— Peut-être. Néanmoins, j'espère que tu respecteras les volontés suprêmes de Jozabad, et que tu ne contracteras point alliance avec l'homme qu'il a repoussé de sa maison.

— Je consulterai le Seigneur.

Helcias insista encore sur ce point, protestant que Salomith, en accordant sa main à Mosa, violerait gravement la loi divine qui prescrit aux enfants d'obéir à leurs parents. Et comme il réclamait de sa sœur une promesse formelle de se refuser aux sollicitations du chef israélite, Salomith fixa sur lui un regard empreint d'une dignité et d'une résolution qu'il ne lui avait jamais vue, et elle dit :

— Frère, as-tu observé cette loi dont tu me parles, lorsque tu as épousé une femme étrangère, livrée aux pratiques impies des idolâtres ? Encore une fois, je n'agirai que d'après les conseils des prêtres de Dieu.

L'entretien d'Helcias et de Salomith fut interrompu par l'arrivée de Stratonice. La fille de Nicanor, qui semblait avoir hâte de quitter Jérusalem, avait achevé ses préparatifs ; trois femmes et deux eunuques la suivaient. Elle jeta un regard hautain sur Salomith, et adressa à son mari des adieux assez froids. Helcias, le cœur brisé, serra plusieurs fois et longuement Stratonice sur son sein ; puis ce fut le tour de Salomith.

La Syrienne, ayant reçu le sauf-conduit envoyé par Mosa, monta avec ses suivantes dans un chariot préparé pour elle, et les eunuques, à cheval, prirent place de chaque côté du véhicule.

Salomith entra dans une litière avec sa vieille nourrice, et quatre serviteurs la transportèrent au temple, où Mosa lui avait fait disposer un appartement commode.

Stratonice arriva au bout de quelques jours sur le territoire syrien. Elle ne trouva pas son père à Antioche ; il était allé rejoindre le roi en Perse.

Antiochus s'était rendu dans ce pays, après avoir vaincu Artaxias, pour recueillir le tribut qu'on avait négligé d'acquitter. Ayant appris que la ville d'Elymaïs possédait de grandes richesses en or et en argent, et que son temple surtout renfermait des trésors immenses laissés par Alexandre le Grand, il résolut de piller la cité et le sanctuaire, comme il avait fait à Jérusalem.

Mais, avertis de son dessein, les habitants prirent les armes et le repoussèrent honteusement. Il se retira à Ecbatane, outré de cette disgrâce.

Ce fut là que Nicanor le rencontra et lui annonça le triomphe des Asmonéens en Judée. Transporté de rage, le prince syrien se mit en route sur-le-champ, jurant qu'il accablerait les Israélites de sa colère

En approchant de Jérusalem, il apprit que les Juifs avaient repris Jérusalem, défait de nouveau ses lieutenants, restauré le temple et abattu les autels et les idoles qu'il y avait fait élever.

A ces nouvelles, sa fureur redoubla : il commanda à celui qui conduisait son char de le mener à toute bride, afin d'arriver plus tôt sur les lieux, pour assouvir sa vengeance et faire de Jérusalem le tombeau de tous les Israélites.

Mais, à peine avait-il proféré ces menaces, que la main de Dieu l'atteignit ; il se sentit frappé d'un mal incurable, qui lui torturait les entrailles, et que rien ne pouvait adou-

cir. Toutefois, il ne voulut ni s'arrêter, ni aller plus lentement. Au contraire, ne respirant que feu et flamme, il
commanda de précipiter le voyage. Mais dans sa course
rapide, il tomba de son char, tout son corps fut froissé,
tous ses membres meurtris.

Lui qui croyait, dans son orgueil, pouvoir maîtriser les
flots de la mer, et peser dans une balance les montagnes les
plus hautes, fut couché dans une litière dont il fut incapable même de supporter longtemps le branle. Il dut s'arrêter à Tabès, petite ville de la Parétacène, sur les fron-
tières de la Perse et de la Babylonie. On le mit au lit, et
il souffrit d'horribles douleurs. Un abcès creva dans la
partie inférieure de son corps ; des vers innombrables en
sortirent, qui le rongèrent vivant ; sa chair pourrie tomba
en lambeaux, avec une infection qui se répandit jusque
dans son armée.

Alors il commença à descendre de ce grand orgueil à
la connaissance de lui-même, averti de ce qu'il était par la
plaie de Dieu. Et quand il ne lui fut plus possible de supporter sa propre puanteur, il dit enfin :

— Il est juste que l'homme soit soumis à Dieu, et
que celui qui est mortel ne s'égale pas à l'Être souverain.

Ce méchant priait l'Éternel, de qui il ne devait pas obtenir miséricorde, du moins pour ce monde. Cette ville de Jérusalem, qu'il se hâtait naguère d'aller raser, il fit vœu de la rendre populeuse et libre; ces Juifs, qu'il avait jugés indignes de sépulture et qu'il voulait donner en proie, ainsi que leurs petits enfants, aux oiseaux du ciel et aux bêtes farouches, il promit de les égaler aux Athéniens; ce temple, qu'il avait pillé auparavant, il s'engagea à l'orner de dons précieux, à y multiplier les vases sacrés, et à fournir, de ses revenus, les dépenses nécessaires aux sacrifices, et même à se faire juif et à parcourir la terre pour y publier la toute-puissance de Dieu.

A la fin, ses douleurs ne cessant point, et n'espérant plus guérir, il écrivit aux Israélites pour leur recommander son fils Antiochus, âgé de sept ans, et le désigner comme son successeur.

Après avoir terminé cettre lettre, il expira au milieu des plus affreux tourments !

Le bruit de la mort funeste d'Antiochus Épiphane remplit d'inquiétude les Syriens enfermés dans la citadelle de Jérusalem, tandis qu'elle causa une joie immense aux Israélites. Le doigt de Dieu était manifeste en cet événement : le monarque frappé l'avouait lui-même. Aussi la narration de ces faits extraordinaires impressionna vivement Salomith. Au fond de sa retraite du temple, elle comprit que la cause des Asmonéens était une cause sainte, et que Mosa avait agi légitimement en prenant les armes contre les oppresseurs de la Judée.

Informé des dispositions nouvelles de la noble jeune fille qu'il aimait de tout son cœur, Mosa crut le moment venu de solliciter la réalisation de ses vœux. Sur la prière de son fils, Judith visita Salomith, qui la reçut en présence de l'un des prêtres sous la protection desquels elle vivait. Étonnée d'abord de la démarche de la matrone, la sœur d'Helcias parut embarrassée de répondre. Après un silence, elle dit avec tristesse :

— En acceptant la proposition que vous me faites, Judith, je risquerais de me trouver un jour dans une situation cruelle.

— Que veux-tu dire, enfant ? demanda la veuve d'Abiézer.

— Mon frère et Mosa combattent sous des drapeaux différents.

— Eh bien ?

— Il peut arriver, comme cela s'est vu déjà, qu'ils se rencontrent face à face, les armes à la main...

— La paix est prochaine, interrompit Judith.

— D'ailleurs, ajouta le vieux prêtre, l'épouse de Mosa,

Elle leva ses beaux yeux vers Judith.

la sœur d'Helcias, sera la médiatrice qui rapprochera deux vaillants jeunes hommes, faits pour s'entendre et marcher dans la même voie.

Les paroles du lévite impressionnèrent Salomith.

Au bout de quelques instants de réflexion, elle leva ses beaux yeux vers Judith et répondit d'une voix tremblante d'émotion :

— Je consens.

La mère de Mosa, transportée de joie, entoura la jeune fille de ses bras en lui prodiguant les noms les plus tendres. Il fut convenu que le mariage s'accomplirait prochainement, et qu'Helcias en serait informé.

Mosa, au comble de ses vœux, annonça lui-même à Judas Machabée l'heureuse nouvelle. L'illustre chef lui offrit de faire inviter Helcias aux fêtes nuptiales, et se chargea lui-même d'envoyer un messager au fils de Jozabad. Helcias, qui espérait, lui aussi, que la guerre ne recommencerait pas, et qui ne subissait plus la fatale influence de Stratonice, accepta volontiers.

Huit jours plus tard, il se rendit à la maison de Mosa où l'union des deux fiancés fut consacrée par les rites accoutumés. Helcias fut reçu avec une distinction et une aménité qui le touchèrent, par Judas Machabée et ses frères. Les quelques heures qu'il passa

parmi ces hommes héroïques effacèrent ses longues pré-
ventions, et il s'avoua en secret qu'ils étaient dignes de commander dans Israël. Mosa lui donna les témoignages de la
plus ardente amitié, et ils exprimèrent l'un et l'autre le
sincère désir de voir se terminer une lutte fratricide.

Mais le bonheur que goûta Helcias en ce jour fut troublé
par le souvenir de Stratonice ; il sentait que jamais la
Syrienne idolâtre ne consentirait à des relations amicales
avec les Israélites qui lui étaient odieux surtout à cause de
leur religion. Malgré l'amour qu'il éprouvait encore pour
la fille de Nicanor, il se prenait à déplorer la passion qui
l'avait attaché à cette femme.

Une année s'écoula, pendant laquelle Philippe, nommé
par Antiochus Epiphane régent du royaume, travailla énergiquement à l'affermissement du nouveau règne. Les grands
étaient divisés sur la conduite à tenir relativement aux Juifs :
les uns voulaient qu'on respectât les recommandations suprêmes du monarque défunt et qu'on fît la paix avec eux ;
les autres, parmi lesquels Nicanor, opinaient pour la guerre
à outrance.

Stratonice, ayant appris qu'Helcias avait noué des relations avec les Asmonéens et leurs adhérents, obtint que
Nicanor adresserait une sévère réprimande au jeune chef ;
elle-même lui manda qu'elle ne le rejoindrait pas tant qu'il

n'aurait pas rompu avec les Israélites. Helcias, affligé de ces messages dictés par la haine, s'en plaignit avec quelque amertume. Stratonice répondit en menaçant de provoquer le divorce.

Nathan, depuis la trève, avait disparu de la scène

La pythonisse Maacha et Méroé, toujours détenus dans la prison de Modim, furent condamnés, en vertu des prescriptions de la loi portée contre les magiciens, à subir une mort ignominieuse. Mais Helcias, informé de cette sentence, conjura Judas de les exempter du supplice ; Mosa et Salomith joignirent leurs instances aux siennes, et Machabée ajourna indéfiniment l'exécution de l'arrêt. Le fils de Jozabad agissait ainsi, non par sympathie pour la sorcière et son acolyte, mais en souvenir de son père, et parce qu'il regardait comme un devoir de sauver les partisans des Syriens.

La suspension des hostilités ne fut pas de longue durée : les Iduméens, renforcés de Juifs apostats, recommencèrent à inquiéter les Israélites fidèles, et leur prirent quelques forteresses. Mais Judas les surprit, leur enleva beaucoup de places fortes, et leur tua vingt mille hommes.

Alors Timothée, ce général syrien que Judas avait déjà vaincu précédemment, marcha contre Jérusalem avec une armée formidable. Machabée et ses intrépides soldats allèrent au-devant de l'ennemi après avoir invoqué l'Éternel.

Au plus fort de la bataille, cinq cavaliers apparurent du ciel aux Syriens, sur des chevaux ornés de brides d'or, et ils précédaient les Juifs. Deux se tenaient aux côtés du chef des Asmonéens et le protégeaient de leurs armes. Ils lançaient des traits et des foudres contre les ennemis, qui, frappés d'aveuglement et mis en désordre, tombaient les uns sur les autres. Vingt mille cinq cents fantassins et six cents cavaliers périrent en cette rencontre.

Timothée s'enfuit à Gazara, où Judas l'assiégea. Les Syriens, confiants en la force de la place, vomissaient des malédictions et des paroles infâmes. Vingt jeunes gens, à la tête desquels étaient Joakim, irrités de ces blasphèmes, s'élancent sur la muraille et tuent tous ce qu'ils rencontrent ; d'autres les suivent, et la citadelle est prise. Timothée, qui s'était caché dans une citerne, est mis à mort.

Lysias, devenu régent du royaume, marcha en personne contre les Juifs avec une armée formidable de quatrevingt mille fantassins, toute la cavalerie syrienne, et quatre-vingts éléphants. Comptant prendre Jérusalem, il vint camper à Bethléem, qui était à six lieues de la ville.

Judas et les siens, remplis d'un courage surhumain, attaquèrent hardiment l'ennemi, lui tuèrent plus de douze mille hommes et mirent le reste en déroute, Lysias lui-même s'enfuit honteusement.

Après tant de défaites, Lysias offrit la paix aux Israélites, et elle fut conclue à d'excellentes conditions.

Helcias put abandonner son poste de la citadelle de Jérusalem, et partir pour Antioche, que Stratonice n'avait point quittée. Il y tomba malade en arrivant et languit plusieurs mois. Sa femme, occupée de ses plaisirs, lui témoigna une indifférence qui rendit sa convalescence difficile. Quand il fut rétabli, elle sollicita et obtint pour lui une mission dans la Perse, où elle refusa de l'accompagner.

Tandis qu'Helcias recueillait les fruits amers de son imprudent mariage avec une femme païenne, Mosa vivait heureux avec Salomith. Il passa avec elle deux années à Esron, auprès de sa mère et d'Hannah, jouissant de la paix conquise au prix de tant d'héroïques travaux.

Mais ce repos fut brusquement interrompu par les hostilités des gouverneurs syriens, voisins de la Judée. Gorgias, le premier, qui commandait dans l'Idumée, attaqua les Israélites, et fut mis en fuite. Alors Judas résolut d'assiéger la citadelle de Jérusalem, toujours au pouvoir de l'étranger. Au moment où il poussait le siége, le jeune roi Antiochus Eupator et Lysias accoururent avec cent mille fantassins, vingt mille cavaliers, trois cents chariots de guerre, trente-deux éléphants dressés aux combats.

Le perfide Ménélaüs, ce pontife sacrilége qui avait profané

le siége d'Aaron, reçut, dans les environs de Modim, le salaire de ses crimes. Lysias l'accusa d'être la cause de tous les maux, et il fut précipité dans une tour creuse, remplie de cendre, où il fut étouffé.

Une terrible bataille se livra sous les murs de Modim. Judas donna pour mot d'ordre à ses troupes : *Victoire de Dieu* ! Ayant choisi les jeunes gens les plus forts et les plus intrépides, au nombre desquels étaient Mosa et Joakim, il pénétra, la nuit qui précéda la lutte, jusqu'à la tente du roi, et tua quatre mille hommes. Avec le jour commença une action régulière, où Eléazar, un des frères de Machabée, mourut de la mort des héros.

Parmi les éléphants, il en remarqua un couvert des ornements royaux et plus grand que les autres.

Croyant que le roi était dessus, et se sacrifiant pour délivrer son peuple, il traverse les rangs ennemis, tuant à droite et à gauche, transperce le ventre de l'éléphant, qui tombe sur lui et l'écrase en mourant.

Les Juifs tuèrent six cents Syriens. Mais cédant au grand nombre, ils se retirèrent en bon ordre sur Jérusalem, où Antiochus alla les assiéger. La ville soutint un long siége, opposant machines à machines. Judas parvint même à expulser la garnison syrienne de la citadelle.

Mais Antiochus, rappelé brusquement en Syrie, pour y

défendre son trône menacé, se réconcilia avec les Israélites, offrit un sacrifice dans le temple, et déclara solennellement Judas prince de tout le pays depuis Ptolémaïs jusqu'à la frontière d'Egypte.

XII.

MORT DU BLASPHÉMATEUR.

Un an s'écoula, pendant lequel de graves événements
s'accomplirent en Syrie. Antiochus Epiphane, dont nous
avons raconté la funeste mort, avait obtenu le trône au
préjudice de Démétrius, son neveu, que les Romains rete-
naient comme otage. Ce dernier prince, parvenu à l'âge
d'homme à l'époque où son oncle mourut, parvint à s'en-
fuir de Rome, l'année même qui suivit la réconciliation
des Juifs avec Antiochus Eupator.

Ayant débarqué à Tripoli, le bruit se répandit bientôt
que c'était le sénat romain lui-même qui l'avait envoyé
prendre possession de ses Etats. Dès lors on regarda Eupator comme perdu ; tout le monde l'abandonna pour
prendre le parti de Démétrius.

Les propres soldats du jeune Antiochus l'arrêtèrent
ainsi que Lysias, pour les amener au nouveau roi. Celui-ci refusa de les voir, et ils furent mis à mort.

A peine Démétrius était-il en possession du trône, que
les Juifs apostats vinrent implorer son secours. A leur tête
était Alcime, le pontife renégat, qui s'était profané volon-
tairement du temps de la persécution. Voyant qu'il n'y
avait plus de ressouce pour lui du côté des Israélites, ni
d'accès à l'autel, il alla trouver le roi Démétrius, lui offrant une couronne d'or, une palme et des rameaux d'olivier. Le premier jour, il garda le silence : mais bientôt,
appelé au conseil du prince, il lui représenta Judas et ses
frères comme les ennemis de son empire, comme ayant
tué et chassé tous ses amis.

— Moi-même, ajouta-t-il, j'ai été dépouillé par eux de
la gloire de mes pères, c'est-à-dire du souverain sacerdoce, et c'est ce qui m'a obligé de venir ici, d'abord pour
témoigner au roi ma fidélité, ensuite pour procurer l'avan-

tage de mes concitoyens. Car tant que Judas vivra, il n'y aura aucune paix dans l'État.

A ces paroles, les courtisans, qui haïssaient Machabée, joignirent leurs instances, et animèrent ainsi le roi contre le chef des Asmonéens.

Démétrius nomma Bacchide gouverneur des provinces en deçà de l'Euphrate, et l'envoya avec Alcime à la tête d'une armée en Judée.

Les deux chefs tentèrent, par de fausses négociations de paix, de surprendre Judas et ses frères; mais les fils de Mathathias, habitués aux perfidies des Syriens, répondirent que pour traiter il n'était pas besoin d'une puissante armée, et refusèrent d'écouter aucune proposition.

Cependant plusieurs prêtres et scribes, et autres hommes pieux, se laissèrent prendre aux belles paroles d'Alcime. Ils se disaient :

— C'est un prêtre de la race d'Aaron qui vient à nous, il ne nous trompera pas.

En effet, Alcime leur disait avec serment :

— Nous ne vous ferons aucun mal, à vous et à vos amis.

Mais sitôt qu'il les eut en son pouvoir, il en égorgea soixante.

Cette odieuse conduite révolta tout le peuple qui s'écria :

— Il n'y a ni vérité ni justice parmi eux, car ils ont violé la parole qu'ils avaient donnée et le serment qu'ils avaient juré.

Et un grand nombre se retirèrent du parti des Syriens. Bacchide en fit prendre quelques-uns du peuple, qu'il mit à mort et jeta dans un grand puits. Il assiégea ensuite sans succès une forteresse nommée Betzecha, après quoi il se rendit vers Démétrius, laissant l'armée à Alcime, que rejoignirent tous les Juifs apostats. Le prêtre prévaricateur devint le fléau de sa patrie. Mais bientôt Judas réprima si bien ses violences, qu'il s'en retourna pour animer le roi par de nouvelles plaintes contre les Juifs.

Démétrius envoya Nicanor, qui jouissait d'une grande faveur sous le nouveau règne, avec l'ordre de prendre Judas et d'établir Alcime souverain prêtre du grand temple. Nicanor essaya d'abord de se saisir de Judas par ruse. Il lui députa Helcias, son gendre, pour l'inviter à une entrevue. Le fils de Jozabad n'était pas revenu à Jérusalem depuis sa sortie de la citadelle ; il y retrouva Salomith et Mosa, dont Dieu avait béni l'union, car un fils leur était né. Helcias fut accueilli avec joie par sa sœur, mais il était en proie à une incurable tristesse ; tous ses rêves de

bonheur étaient évanouis, toutes ses espérances trom-
pées : Stratonice, devenue son mauvais génie, faisait peser
sur lui sa domination orgueilleuse, et il se sentait un esclave enchaîné aux pieds de cette femme.

S'étant présenté au palais de Judas, il fut reçu avec po-
litesse par le chef des Asmonéens, et il s'acquitta auprès de
lui de la mission dont Nicanor l'avait chargé.

Machabée hésitait, craignant quelque embûche, et il remit sa réponse au lendemain.

Helcias retourna, en attendant, chez Salomith.

Le soir de ce jour, à la nuit, un homme s'introduisait
mystérieusement dans la demeure de Judas. Admis aussitôt en la présence du glorieux chef d'Israël, il l'aborda
avec une respectueuse familiarité, et Machabée lui dit :

— Qu'as-tu à m'apprendre, Nathan ?

L'Israélite était plus grave, plus austère encore que
d'habitude ; il répliqua :

— Si je suis venu à Jérusalem, c'est qu'un motif de la
plus haute importance m'y mène ; il s'agit de votre salut.

— De mon salut !

— Ni plus ni moins.

— Quel danger me menace ?

— N'avez-vous pas reçu aujourd'hui un député des Syriens?

— En effet.

— Ne vous a-t-il pas invité à une entrevue avec Nicanor?

— Oui ; mais comment se fait-il que tu sois si exactement renseigné?

— C'est mon métier, répondit Nathan, avec un sourire mélancolique, mais soyez sûr que je ne le suis pas moins parfaitement au sujet de ce qu'il me reste à vous expliquer.

— Voyons, parle, de quoi s'agit-il?

— Eh bien! Nicanor a formé le projet de vous retenir prisonnier.

— Quoi! il pousserait à ce point la perfidie et le mépris des lois en usage parmi les nations !

— Oubliez-vous que les Syriens sont gens sans scrupule? si vous ne voulez être livré à Démétrius, abstenez-vous de la conférence à laquelle on vous invite.

Judas savait par expérience la sûreté des informations de Nathan ; aussi n'hésita-t-il plus.

— Je refuserai l'entrevue, dit-il simplement. Mais penses-tu qu'Helcias soit instruit du guet-apens dans lequel on essaie de m'attirer?

— Non, certainement ; il ne se serait pas prêté à cette œuvre infâme.

— Alors je vais tout lui révéler.

— Gardez-vous en bien.

— Pourquoi ?

— Il mettrait les Syriens en garde, et il deviendrait plus difficile de pénétrer leurs desseins.

— Puisqu'il a horreur de ces manœuvres odieuses, ne serait-ce pas, au contraire, le moyen de le détacher complétement de leur parti ?

— Cela ne servirait à rien, car il est sous la fatale influence de sa femme Stratonice.

— Il suffit, je le congédierai demain. — Quittes-tu Jérusalem demain ?

— Il le faut. Un mot encore, cependant. Les deux espions arrêtés par Mosa, il y a quelques années, sur la route de Modim à Samarie, sont toujours en prison ?

— Ils n'ont point été relâchés.

— Ne leur permet-on point de communiquer avec le dehors ?

— La surveillance, à leur égard, s'est ralentie depuis quelque temps, sur leur promesse de n'en point abuser.

— On a eu tort de se fier à des traîtres ; ils vous ont trompé.

— Comment cela ?

— Ils ont réussi à nouer de nouvelles relations avec les Syriens. Faites-les interroger, et je ne doute pas que vous n'obteniez facilement la preuve de ce que j'avance.

— A ces mots, Nathan s'inclina devant Judas, qui lui serra les deux mains avec effusion, et sortit furtivement du palais, comme il y était entré.

Le jour suivant, Machabée déclara nettement à Helcias qu'il n'acceptait point la conférence à laquelle l'invitait Nicanor, et lui recommanda d'annoncer au général syrien qu'il le dispensait de nouveaux messages à cet égard.

Helcias partit quelques heures plus tard, affligé d'un refus qu'il considérait comme une imprudence et une cause prochaine de nouvelles guerres.

Dès que Judas eut renvoyé le député de Nicanor, il chargea son frère Jonathas et Mosa de faire subir un interrogatoire aux espions. Ces misérables, aussi lâches que perfides, se voyant découverts, descendirent aux supplications pour obtenir grâce. Mais cette fois, ils devaient subir les prescriptions de la loi dans toute leur rigueur ; le lendemain, leur arrêt de mort fut prononcé, et ils périrent lapidés par le peuple.

Nicanor, irrité de la fière réponse de Judas, se mit en marche immédiatement à la tête d'une puissante armée ; mais le chef des Asmonéens, en prévision de ce mouvement, avait ordonné à son frère Simon de se porter contre l'ennemi. Un combat terrible s'engagea, qui dura une journée entière. Le soir, Simon quitta le champ de bataille, mais après avoir fait subir aux Syriens des pertes immenses, qui lui ôtèrent l'envie de tenter le sort d'une nouvelle lutte.

Etonné de la valeur des Juifs, Nicanor leur envoya trois députés pour traiter de la paix. La délibération ayant duré longtemps, Machabée en référa au peuple, et l'avis de tous fut de consentir à l'alliance.

Les deux généraux prirent un jour pour conférer secrètement, dans une vallée découverte, et des sièges furent apportés pour chacun. Toutefois Judas, qui avait d'excellentes raisons de se défier des Syriens, commanda aux siens de rester armés en des lieux opportuns, de peur de quelque surprise.

Nicanor ne tarda pas à tomber sous l'influence et la séduction qu'exerçait toujours l'héroïque nature de Machabée ; il ne put s'empêcher d'admirer l'homme prodigieux

qui, en quelques années, avait brisé la domination syrienne en Judée et affranchi les Israélites du joug étranger ;
il le trouva en tout égal à sa haute réputation

Les bases de la paix furent arrêtées ce jour même.
Judas consentit à rendre aux Syriens la citadelle de Jérusalem, à condition que Nicanor renverrait les troupes
nombreuses qu'il avait rassemblées, et qui ravageaient
le pays.

Cette dernière clause remplie, le général syrien se rendit à la ville sainte avec Machabée, pour qui il éprouvait
une inclination particulière. Helcias rejoignit son beau-
père avec Stratonice, et il s'établit entre la famille de Nicanor et les Asmonéens des relations amicales.

La paix semblait devoir durer : toutes les provinces de
la Judée jouissaient d'un calme parfait, et le jeune roi de
Syrie ne songeait point à inquiéter les Israélites. Stratonice elle-même paraissait avoir oublié sa vieille haine
contre les Juifs.

Respecté de ses ennemis, devenu l'idole de ses compatriotes, confirmé dans le souverain sacerdoce par l'autorité du lieutenant de Démétrius, Judas menait une
existence royale.

Cependant on s'étonnait de ne point le voir se choisir
une épouse ; il fréquentait assidûment, il est vrai, la

maison de Judith, mais sans laisser soupçonner, même par un mot, ses sentiments à l'égard d'Hannah. Une fois seulement, il avait été question d'un mariage honorable pour la jeune fille, et Judas, consulté par Mosa, avait opiné pour un refus.

Ce fut Nicanor qui se fit le premier l'organe du sentiment public à ce sujet. Dans une conversation intime, il témoigna son étonnement à Machabée de ce qu'il semblait ne point songer à se marier.

— Jusqu'ici, répondit Judas, la guerre m'a défendu d'y penser.

— La guerre est finie pour toujours, cette raison n'existe plus.

Et comme le vaillant Asmonéén ne répondait pas, Nicanor ajouta :

— Nous soupçonnerais-tu de vouloir recommencer la lutte?

— Non, je l'affirme.

— Alors, qui te retient? S'il n'existe pas en Israël de femme digne de toi, parle, je te procurerai ailleurs une alliance princière.

Judas releva la tête avec fierté, et répliqua :

— Il y a dans ma nation beaucoup de nobles jeunes

filles méritant l'honneur dont tu parles ; si je me décide, mon choix est fixé déjà.

— Détermine-toi donc dans le sens de mes conseils, car il serait malheureux, vraiment, qu'un homme comme toi ne laissât point de postérité.

— Ma postérité, fit Machabée avec un sourire de légitime orgueil, ce sera mon peuple rétabli dans ses droits.

— Et après toi, qui le gouvernera ?

— Mes frères ; tous sont dignes de commander. Néanmoins je te promets de réfléchir à tes avis.

En effet, Judas raconta à ses frères et à ses amis la conversation qu'il avait eue avec Nicanor. Tous déclarèrent que le lieutenant du roi de Syrie avait raison, et que le chef d'Israël devait se marier au plus tôt.

Simon, dont Judas écoutait plus volontiers les sages observations, fit entendre de graves et fermes paroles.

— Notre famille, dit-il, peut être appelée à de nouvelles luttes ; déjà l'un d'entre nous, Eléazar, a succombé dans les batailles de l'indépendance ; qui sait si nous ne tomberons pas tous successivement pour la même cause ! Ce qu'il y a de certain, c'est que nous avons tous juré de verser notre sang, s'il le fallait, pour le triomphe de notre sainte cause, et il est également certain que nous tiendrons tous notre serment. Or, il ne faut pas que nous négligions de multiplier notre race, afin de laisser après nous des défenseurs d'Israël, des continuateurs de notre œuvre, des représentants respectés de l'autorité qui se fonde en Judée par nos mains. Judas, la prudence et les nécessités de l'avenir t'imposent de choisir une épouse.

— Frère, à son lit de mort, notre illustre père nous a recommandé à tous de suivre tes conseils ; en même temps qu'il remettait en mes mains le glaive du commandement, il t'investissait à notre égard d'une sorte de paternité ; j'accueillerai donc tes recommandations comme venant de Mathathias lui-même, et je m'y conformerai.

A ces mots, les frères et les amis de Machabée se pressèrent autour de lui et le félicitèrent chaleureusement du parti qu'il prenait.

— Maintenant que ma résolution est arrêtée, ajouta l'héroïque Asmonéen, je vous ferai connaître, mes amis, la femme que je désire associer à ma destinée.

Un grand silence se fit dans l'assemblée. Mosa et Joakim étaient présents, et leur attention devint extrême.

— Celle dont j'ambitionne la main, continua Judas, est connue de vous tous ; sa famille a donné des gages san-

glants de sa fidélité à la patrie ; son père a péri pour ces
deux grandes causes ; ses frères ont combattu vaillamment
aux premiers rangs de nos soldats. De plus, je ne connais
aucune des filles d'Israël qui l'emporte sur elle en vertu ou
en beauté, car il s'agit de la sœur de Mosa et de Joakim.

Des applaudissements accueillirent cette déclaration de
Machabée. Mosa et Joakim pleuraient de joie et d'orgueil.

Judas réclama du geste un nouveau silence, et il reprit :

— Mais mes vœux et votre assentiment ne suffisent pas
en cette affaire : j'ai besoin, pour que mon projet se réalise, du consentement de Judith et de celui d'Hannah.

— Ils ne te seront pas refusés, s'écria Mosa : ni ma
mère, ni ma sœur, ne repousseront l'honneur incomparable que tu veux nous faire à tous.

— Alors, que Simon se charge en mon nom de demander la main d'Hannah.

Huit jours plus tard, on célébrait avec une pompe
royale le mariage de Judas Machabée et d'Hannah. Nicanor et les principaux Syriens de la forteresse y assistaient.
La ville, ivre de joie, acclamait les deux époux, leur souhaitant des enfants qui leur ressemblassent. Seule, Stratonice vit avec dépit cette solennité qui acquérait les proportions d'une fête nationale : la Syrienne idolâtre détestait

toujours au fond de son cœur les Asmonéens et les Israélites.

Pendant plusieurs mois, Judas jouit d'un grand repos,
et continua de vivre familièrement avec Nicanor.

Mais il existait des apostats supportant impatiemment
cette paix qui déconcertait leurs plans ambitieux. Alcime,
le pontife déchu et prévaricateur, se voyant trompé dans
son criminel espoir de reconquérir sa place à l'autel, par
la bonne intelligence de Machabée et de Nicanor, alla trouver Démétrius. Il exposa au prince que le général syrien
favorisait les intérêts des ennemis du royaume, et qu'il
lui avait donné pour successeur, dans la souveraine sacri-
ficature, Judas, l'ennemi de sa couronne.

Le roi, irrité, écrivit à Nicanor pour lui reprocher
l'alliance qu'il avait faite, et lui ordonner d'envoyer au
plus tôt Machabée prisonnier à Antioche.

Cette lettre contrista Nicanor ; il supportait avec peine
de rompre l'alliance convenue , sans avoir à se plaindre.
Aussi hésita-t-il au premier moment sur la conduite qu'il
tiendrait. Mais Stratonice, saisissant avec empressement
l'occasion de satisfaire sa haine, représenta à son père qu'il
ne pouvait résister au roi, et menaça d'informer Démétrius de son peu de zèle à obéir, s'il tardait encore.

Le général syrien se résigna, et attendit le moment favorable pour accomplir son commandement.

Mais Machabée s'étant aperçu que Nicanor le traitait plus froidement qu'à l'ordinaire, comprit que le lieutenant de Démétrius méditait contre lui quelque sinistre projet. Une entrevue qu'il eut avec Nathan le confirma dans cette pensée.

Alors, rassemblant, sans perdre de temps, un petit nombre de soldats dévoués, il quitta secrètement Jérusalem, et se montra bientôt à la tête de son héroïque armée. Nicanor l'attaqua, fut battu, perdit près de cinq mille hommes, et se sauva avec le reste de ses troupes dans la citadelle de Jérusalem.

Quelque temps après, le chef syrien monta sur la montagne de Sion. Quelques-uns des prêtres et des anciens du peuple vinrent le saluer dans un esprit de paix, et lui montrèrent les holocaustes qui s'offraient pour le roi. Mais il les méprisa, se moqua d'eux, et, plein d'orgueil, leur dit en colère :

— Si on ne me livre Judas et son armée, aussitôt que je serai revenu vainqueur, je brûlerai ce temple, je le raserai jusqu'aux fondements, je détruirai cet autel, et sur ses ruines j'élèverai un temple à Bacchus.

En même temps, il étendit la main contre le sanctuaire; puis il se retira, plein de fureur.

Les prêtres, rentrés dans le lieu saint, dirent en pleurant :

— Seigneur, faites éclater votre vengeance contre cet
homme et contre son armée, et qu'ils tombent sous le
tranchant du glaive. Souvenez-vous de leurs blasphèmes, et ne permettez pas qu'ils subsistent longtemps sur
la terre.

Dans ces conjonctures, Razias, l'un des plus anciens
de Jérusalem, homme de bonne renommée, qui aimait
la ville et qui, pour son affection, était appelé le père des
Juifs, fut accusé devant Nicanor. Il avait persévéré dans
la loi d'Israël au temps de la persécution, et il était prêt à
donner pour elle sa vie même.

Nicanor, voulant manifester sa haine contre les Juifs,
envoya plus de cinq cents soldats pour le prendre. Mais,
au moment où les Syriens s'apprêtaient à le saisir, il se
frappa d'un glaive, aimant mieux mourir généreusement
que d'être livré aux mains des impies et de subir des outrages indignes de sa naissance. Mais comme, à cause de
sa précipitation, il ne s'était pas frappé d'un coup assuré,
et que les soldats pénétraient dans sa maison, il se précipita du haut de la muraille au milieu des assaillants, qui
s'écartèrent, et il tomba sur la tête. Il respirait encore;
il se releva, traversa en courant la multitude, et se tenant debout sur une pierre escarpée, il saisit ses en-

trailles, les arracha, les jeta aux satellites de Nicanor, et mourut ainsi *.

Nicanor ayant su que Judas était dans le pays de Samarie, résolut de l'attaquer avec toutes ses forces un jour de sabbat. Les Juifs qui le suivaient par nécessité, lui dirent :

— N'agissez pas de la sorte, mais honorez le jour qu'a sanctifié celui-là même qui voit toutes choses.

Il demanda :

— Est-il Seigneur dans le ciel, celui qui a prescrit de garder le jour du sabbat?

— Oui, répondirent-ils.

— Eh bien, déclara l'impie, moi, je suis seigneur sur la terre, et je vous ordonne de prendre les armes pour accomplir les volontés du roi.

Toutefois, il ne put venir à bout de son entreprise.

Il sollicita des renforts en Syrie, et appela auprès de lui Helcias, demeuré dans la forteresse de Jérusalem. Mais le fils de Jozabad, qui avait enfin reconnu le caractère pervers de Stratonice, et qui ne pouvait plus se dissimuler la légitimité de la guerre soutenue par les Israélites,

* Machab., 14.

ajourna son départ. Stratonice, furieuse de ces hésitations, pressa son mari d'obéir. Helcias refusa.

Alors cette femme que rien ne retenait, et dont le cœur maintenant ne ressentait plus qu'aversion pour Helcias, résolut de se débarrasser de lui ; elle pénétra dans sa chambre, une nuit, le frappa au cœur d'un poignard, et s'étant assurée de sa mort, elle convoqua les principaux officiers de la garnison, à qui elle transmit les ordres de son père.

— Helcias, dit-elle avec impudence, a refusé de les exécuter, et il est mort. Nous laisserons à la garde de la citadelle les Juifs qui s'y sont réfugiés ; ils la défendront jusqu'à la dernière extrémité, car, s'étant séparés de leurs frères, ils n'auraient aucune grâce à attendre, s'ils tombaient entre leurs mains.

Les officiers syriens se hâtèrent d'accomplir ce qui leur était commandé ; ils sortirent de la forteresse, à la tête de leurs soldats, un peu avant la fin de la nuit, emmenant avec eux Stratonice.

Mais ils avaient compté sans la vigilance de Mosa, qui commandait dans Jérusalem en l'absence des Asmonéens, partis tous pour la guerre terrible qui commençait ; averti du mouvement des Syriens, il accourut avec une troupe de vaillants hommes, enveloppa l'ennemi, en fit un affreux carnage, et s'empara de Stratonice et de quelques Syriens. Ayant appris bientôt le crime atroce commis par la fille de Nicanor, il ordonna de la renfermer dans une étroite prison, en attendant que Judas pronon-çat sur son sort.

Ensuite, confiant la garde de la ville à un homme sûr et éprouvé dans les combats ; il partit pour rejoindre Machabée.

Nicanor était campé à Bethzoron, petite ville de la tribu d'Ephraïm ; il reçut des renforts de Syrie, qui portèrent son armée à trente-cinq mille hommes.

Judas vint camper vis-à-vis de lui, avec des troupes de beaucoup inférieures en nombre. Mais, par des généreux discours, il sut faire passer dans l'âme de ses soldats l'in-domptable espérance qui animait la sienne.

Quand les deux armées furent en présence et rangées en bataille, Machabée adressa au Ciel une invocation solen-nelle ; puis, donnant l'exemple, comme toujours, il se rua sur l'ennemi.

Mosa, dont la haine contre les Syriens et en particu-lier contre la race de Nicanor, était montée au paroxysme depuis la mort d'Helcias ; Mosa, qui avait juré à Sa-lomith accablée de douleur, de venger son frère, n'a-vait qu'un but dans cette bataille, rencontrer le général syrien et le combattre. Entouré d'une petite troupe d'intrépides compagnons, il perça comme un trait les rangs ennemis, joignit promptement Nicanor, et le frappa mortellement au milieu de ses soldats.

Les Syriens, voyant leur chef tombé, jetèrent leurs armes et s'enfuirent. Les Israélites les poursuivirent toute la journée. Les habitants des villages voisins, apprenant la victoire de Machabée, sortirent en armes de leurs demeures, attaquèrent de front les fugitifs, et n'en laissèrent pas échapper un seul

Au retour de la poursuite, Mosa et ses compagnons cherchèrent le corps de Nicanor ; quand ils l'eurent retrouvé, Judas lui fit couper la tête et la main droite, cette même main qu'il avait levée contre le temple, et on emporta ces trophées sanglants à Jérusalem.

Avant de rentrer dans la ville sainte, Mosa s'arrêta quelques instants à Esron, pour annoncer à sa femme et à sa mère la nouvelle du triomphe. Le retour du vaillant chef consola Salomith, dont la mort d'Helcias avait brisé le cœur ; cependant elle ne voulut pas suivre son mari à Jésusalem, à cause du deuil ou elle était.

Mosa ayant repris la route de la cité sainte, fit à ses portes une étrange rencontre, celle de Nathan. A la vue de l'homme qu'il regardait toujours comme un traitre

des plus dangereux, il s'élança, furieux, et saisit l'Israélites, qui, du reste, se laissa prendre en souriant,
sans même tenter de s'échapper. Mosa le fit renfermer
dans un cachot très-sûr, et chargea dix hommes de l'y garder. Puis il informa Judas de sa capture. Celui-ci se contenta de répondre que le lendemain il serait fait bonne justice à tous.

Le jour suivant, en effet, une assemblée solennelle
fut convoquée par Machabée, dans laquelle il apparut
dans tout l'éclat de sa récente victoire et avec une majesté toute royale. Une joie immense rayonnait sur son
front glorieux. Pontife et prince, il rappelait aux Israélites les grandeurs antiques de la nation, et ils voyaient
en lui la promesse d'un avenir nos moins illustre que le
passé.

Quand le silence se fut rétabli, Judas raconta en peu de
mots la défaite complète des Syriens devant Bethzoron et
la mort de Nicanor. Puis il commanda de clouer à un po-
teau la tête et la main de l'impie qui avait menacé le
temple, et de jeter en proie aux oiseaux la langue qui avait
proféré ce blasphème.

Stratonice, dûment convaincue devant le peuple d'avoir
égorgé Helcias, fut condamnée à périr, étouffée dans un
bain ; et la sentence s'exécuta sur-le-champ.

— Maintenant, dit Judas, je dois honorer publiquement ceux qui se sont le plus distingués depuis le commencement de la guerre entreprise pour notre indépendance.

Et il nomma les plus illustres chefs, parmi lesquels Mosa et son frère furent désignés les premiers.

— Il me reste encore un grand acte de justice à accomplir, ajouta Machabée. Qu'on amène Nathan, l'homme arrêté hier par Mosa.

Nathan parut bientôt dans l'assemblée, escorté de ses gardiens. La plupart des assistants avaient entendu parler de l'espion, un murmure menaçant accueillit sa présence. Nathan, debout, mais ferme dans son maintien, soutint sans pâlir cette manifestation de haine.

Judas réclama du geste le silence. Et, s'adressant au prisonnier :

— Approche, lui dit-il.

Nathan monta les degrés de l'estrade où siégeait le chef illustre d'Israël.

Machabée, prenant la main du prisonnier, se leva et s'écria d'une voix vibrante :

— Israélites, mes frères, l'heure est venue de glorifier cet homme ; nul n'a travaillé plus que lui au salut de notre patrie : il a exposé mille fois sa vie, plus que cela, il a sacrifié son honneur, consentant, pour servir mes projets, à passer pour l'espion de l'étranger.

Une stupéfaction profonde s'empara de l'assemblée à cette déclaration.

Alors Judas retraça éloquemment l'effrayante existence menée par Nathan pendant de longues années, son habileté consommée, son courage à toute épreuve, les services immenses qu'il avait rendus. Et il conclut :

— Le jugez-vous digne de s'asseoir dans nos conseils ?

— Il en est digne mille fois ! Honneur à lui ! cria la foule d'une voix unanime.

Mosa, ému jusqu'aux larmes, saisit les mains de Nathan, exprimant en termes énergiques le regret amer de l'avoir méconnu. L'Israélite sourit et répliqua :

— Il fallait qu'il en fût ainsi.

Son visage, transfiguré, respirait la noblesse et la joie. Son sacrifice étant terminé, il en recueillait la récompense.

Tout le peuple éclata en actions de grâces envers le Seigneur du ciel, qui avait encore une fois sauvé Israël, et qui avait préservé le temple de la profanation.

Il fut décidé que chaque année on célébrerait par une fête solennelle la commémoration de ce grand jour.

A la nouvelle du triomphe des Israélites, Maacha, la pythonisse, s'était brisé la tête contre les murs de son cachot. Le nègre imita sa maîtresse, et se donna aussi la mort.

FIN.

LIMOGES. — IMPRIMERIE BARBOU FRÈRES.

www.ingramcontent.com/pod-product-compliance
Lightning Source LLC
Chambersburg PA
CBHW071858020726
47502CB00003B/807